KB010546

고전 영화 탐방기

이 책을 사랑하는 현도, 현정에게 바칩니다

고전 영화 탐방기

권희완 지음

문학나무

「서문」

영화는 어둠과 구원을 담고 있다

이미지들이 범람하고 있는 우리 시대의 영화라는 장르는 특별나다. 우리에게 즐거움을 주고 고단한 시간을 위로하고 더 나아가서는 우리로 하여금 삶을 되돌아보게 한다.

영화라는 장르를 무엇이라고 정의하기는 쉬운 일이 아니다. 너무도 다양한 얼굴을 가지고 있기 때문이다. 그럼에도 영화는 현대를 살아가는 우리들에게 삶의 다양한 모습을 꿈처럼 보여준다. 가보지 못한 어떤 세계를 멀리서 간접적으로 경험하게 해주고, 그 서사에서 멀어진 이후에는 영화 속 인물들의 삶을 통해 우리 삶을 성찰하게 한다. 마치 과거의 책들이 그러하듯이.

이 책은 예술 영화들을 소개하고 각 작품들에 펼쳐진 서사를 사회적 시선으로 바라보고, 동시에 우리 자신들이 처한 삶의 모습들을 살펴보고자 쓰여졌다.

한국가족문화원이 「예술의 전당」에서 진행한 영화감상 프로그램을 4년 동안 담당하면서 너무도 많은 좋은 영화들이 묻혀 있다는 사실이 안타까웠다. 여기에 선정된 영화들은 오락성이 있고 재미있는 영화는 아니다. 그러나 진지하게 삶을 성찰하고 인간 실존의 조건들에 천착한 작품들이다. 필자는 사회학 전공자로서 영화를 통해 사회 안에서 살아가는 인간 삶의 의미를 생각해 보려 한다. 영화라는 장르의 특성상, 사회 현실과의 관련성도 무시할 수 없기에.

사회는 인간의 행위와 관계로 이루어진 것이고, 사회체계란 일종의 건축물과 같은 것으로 그 구조를 이루고 있는 '벽돌'이라 할 수 있는 개개인의 사고와 행위에 의해 끊임없이 재구성된다. 사회학적 전망에서 볼 때 개인은 완벽하게 자유롭지도 않고, 전적으로 사회에 의해 결정되지도 않는다. 우리가 안개 속을 헤매듯 살아가지 않기 위해서는 사회를 통해 나에게 작용하는 보이지 않는 압력(impact)들을 얼핏이라도 볼 필요가 있다.

영화는 무엇인가를 감독의 입장에서 살펴보자.

"영화를 한다는 건 꿈을 만드는 것이죠. 자연스런 본능이자 필요에 의한 겁니다. 수많은 시간 동안 지하터널을 통과하는 지하철의 기관사는 꿈꾸는 것을 멈추지 않습니다. 바깥세상을 향한 꿈을 꾸며 형벌을 치르는 죄수도 마찬가지입니다. 장님은 꿈을 통해 봅니다. 꿈이 없는 삶이란 불가능한 거지요. 그래서 나는 영화 덕택에 나의 꿈들에 형상을 부여하고 타인들에게 그것을 나누어 가질 수 있는 가능성을 제공하는 것입니다. … 영화를 통해 우리는 꿈속으로 스며들고 그리고 우리는 다시 삶으로 되돌아오는 겁니다. 꿈을 꾼 후에는 현실은 견딜 만해 보입니다. 왜냐하면 여행이 불어 넣어준 에너지가 일상의 고통을 덜어주기 때문입니다." — 압바스 키아로스타미

그렇다. 흔히 연극이 꿈과 같다고 하듯이 영화도 단연코 꿈과 같다. 어쩌면 인생이 그러한 질료이기 때문인지도 모르겠다. 그러나 꿈속에도 비명을 지르듯 영화는 우리가 현실에서 비명을 지를 만큼의 재앙, 불행, 소외, 어둠과 구원을 담고 있다.

이 책에서도 그런 주제를 다루고 있는데, 각 주제 별로 세 편이나 네 편의 영화를 선정하여 스토리와 함축하고 있는 메시지를 살펴보려고 한다. 각 장의 끝에는 이해를 돕기 위한 간략한 보조 문헌자료들도 첨가했다.

2020년 세계를 강타한 코로나는 우리에게 어떠한 영향을 주었을까. 프랑스 미래학자 자크 아탈리에 의하면, 인간은 죽는다는 사실을 새삼 깨우쳐 주었고, 불멸을 지향하는 몸짓으로서 예술의 역할이 중요해진다고 보았다. 이어서 그는 우리에게 삶을 충만하게 살기 위해 계속 귀를 열고 세상을 바라봐야 하며 스스로 예술가가 되라고 충고했다. 필자가 이 책을 쓰게 된 동기 중의 하나라고 하겠다.

위대한 미술 작품을 보거나 명화를 감상할 때, 그동안 그냥 지나친 부분들에 대해 갑자기 뭔가를 이해한 것 같은, 제임스 조이스가 언급

했던 '에피파니' 순간을 갖는다. 여기서 소개한 영화들은 나 개인에게 그러했다. 마치 삶의 진실에 다가가는 통찰의 순간처럼. 어쩌면 영화는 자꾸 들여다보고 뒤돌아 생각해 보면 그런 순간들로 만들어진 이미지인지도 모르겠다.

이 책을 쓰는 동안 여러모로 도움을 주고 이끌어 준 시인이자 작가 주수자님께 감사드린다.

2024년 여름 사당동에서

권희완

차례

II 인간의 조건들

III 자아 정체성

Ⅳ 신념체계와 영성

Ⅴ 사회적 규범

Ⅵ 노쇠와 죽음

Ⅶ 현실의 무한한 구조

추상 394, 194×130㎝, oil on canvas, 1996

「정사」는 시대가 가진 딜레마, 관계의 불가능성이 주요 테마이다. 영화 속 인물들은 책임감과 삶의 목표가 결여되어 있고 겉으로는 부족한 것이 없어 보이지만, 실제로 내면은 의미 없는 일상으로 황폐한 상태이다. 이 영화는 섬처럼 되어버린 인간들, 인간 사이의 소외, 권태, 좌절 등의 현대인의 실존적 문제를 다루고 있다.

| 소외

「정사(The Adventure)」 - 소통의 불가능성

원제 : L'avventura (1960)

감독 : 미켈란젤로 안토니오니

수상 : 1960년 칸영화제 심사위원 특별상[1]

줄거리

클라우디아(모니카 비티)는 친구 안나와 함께 시실리 요트 여행을 떠난다. 그들과 동행하는 이들은 로마의 부유한 사람들이다. 안나의 약혼자 산드로(가브리엘 페르제티)도 함께 간다. 배가 무인도에 도착한 지 얼마 안 되어서 약혼자와 소통의 불만으로 갈등하던 안나가 실종된다. 그녀를 찾는 여정에서 클라우디아와 산드로는 사랑의 감정이 싹튼다. 우여곡절 끝에 산드로는 클라우디아에게 프러포즈하지만 그는 정착하지 못하고 곧 방만해진다. 어느 날 새벽 산드로는 창녀 글로리아와 호텔 로비 소파에서 엉키어 있는 모습을 보인다. 이 광경을 목격

1) 아름답고 복합적이며 혁명적인 영화로서 칸느 시사회에서 관객들로부터 야유와 조롱, 비난받음. 2년 후 100명의 평론가는 전무후무한 10대 영화 중 3위로 선정함. 1위가 시민 케인 2위가 전함 포템킨 3위가 정사였음.

한 클라우디아는 호텔 밖으로 뛰쳐나간다. 마지막 장면에서 클라우디아는 화산을 배경으로 서서 수치감으로 어깨를 구부리고 앉아있는 신드로의 머리를 쓰다듬는다. 현대인들 간의 소외를 섬의 황량한 풍경에 비유함으로써 서사적인 틀에 사로잡히지 않은 모더니즘의 부조리 영화의 걸작으로 손꼽힌다.

전개

안토니오니 감독은 영화의 서사를 시각적 언어로 보여준다. 그러니까 그는 서사에 중점을 두기보다는 이미지로 말하는 감독이다. 그는 영화 속 곳곳에다 은유를 심어놓았는데 이를 파악하기가 쉽지 않다. 그는 자기가 만들어 낸 극중 인물 감독[2]의 입을 통해서 말한다. "존재하는 것은 이미지로 표현할 수밖에 없다"고.

'L'avventura'는 처음으로 상류계급에 들어와 산드로에게 유혹받는 클라우디아의 '모험'을 의미하지만 이탈리아어로 단순히 모험 만이 아니라 '바람피우기'라는 더 은밀한 의미를 가졌다.

요트 여행 중 그들은 삭막하고 고립된 섬에 도착한다. 바위에 부딪치는 파도는 인물들의 표면적으로 드러나지 않는 감정의 격렬함을 드

---

2) 「구름 저편에(Beyond The Clouds, 1995)」에 등장하는 감독

러낸다. 안나가 한 달 만에 만난 약혼자와 서로 등을 돌린 채 이야기하는 장면은 대화 부재의 이미지이다. 산드로는 건축가이지만 내면의 결핍을 채우려고 성에 관심을 두고 성관계를 통해 심각한 문제를 잊어버리려 한다. 아마도 산드로가 정서적으로 안나를 만족시킬 수 없으므로 그녀는 '혼자 있고 싶어요.'라고 말한 후 사라진 것인지도 모른다. 또는 바위투성이 섬에서 실족했을 수도 있고 다른 보트를 타고 몰래 빠져나갔을 수도 있다. 동행한 친구들도 나태한 상류계급으로 세상과 격리된 채 오직 자기 자신에만 몰입돼 있다. 이들은 마치 섬과 같다.

섬에서 하늘과 바다를 배경으로 인물들이 모험적 상황에 묶여 있고 클라우디아와 산드로 사이에 어떤 이끌림이 발생하게 된다. 안나의 실종 후, 섬에 남아 하룻밤을 지낸 클라우디아가 창문을 열어 해 뜨는 장면을 본다. 마치 이 장면은 그들에게 사랑의 관계가 시작된다는 암시처럼 아름답다. 한편 안토니오니 감독은 로맨스를 망상으로 보고 있는데 외딴섬에서 멀리 보이는 화산이 그런 걸 암시한다. 그의 이미지 구성과 프레임 구성은 예술 작품과도 같은 의미를 내포하고 있다.

클라우디아와 산드로는 안나를 찾으려고 같이 여행을 간다. 앞이 탁 트인 언덕에서 한낮에 처음으로 두 사람은 적극적인 키스를 나누는데, 그 후에 기차가 지나가며 일종의 새로운 삶의 여정을 암시하고 있다.

노토의 종탑 장면은 환경을 통해 인물의 내부 심리를 반영하는 사례로 두 사람의 긴장을 말하는 듯이 밧줄들이 얽혀 있고, 밧줄을 당겨 종소리를 울리자 다른 종탑에서도 종소리가 울리며 이는 환희의 느낌을 불러온다. 산드로는 결혼이 자신의 문제인 공허감을 해결해 줄 것처럼 프러포즈한다. 그는 자기가 불행한 이유를 모른다. 산드로는 진지하게 일하는 건축가 도면 위에 질투와 시기심으로 일부러 잉크를 엎지른다. 이는 산드로의 성격을 나타내 줄 뿐만 아니라 영구한 가치가 사라짐을 시사한다.

클라우디아는 산드로에게 자신을 사랑하는지를 묻는다. 영화 속 "Tell me you love me. I love you. Tell me you don't. I don't love you."의 대화는 진지한 열정과는 거리가 멀다. 캐릭터들이 영원히 사랑할 것이라는 가능성은 없다. 산드로는 그저 공허감을 채우기 위해 성관계를 맺으려 한다.

영화의 주제를 드러내는 중요한 풍자 장면은 산드로가 기자를 만나러 간 마시나에서 창녀 글로리아가 있는 작은 가게에 관음적인 4백 명의 남자들이 몰려와 소동을 벌이는데 이 풍자는 현실 도피적 성의 표출을 보여준다. 클라우디아가 노토에서 산드로를 기다리며 거리에 있을 때 남자들이 그녀 주위로 몰려 그녀를 마치 굶주린 늑대처럼 쳐다본다. 클라우디아는 안나와 비슷해져 가는데 산드로의 성적 대용품이다.

페르미나에 있는 팔레스 호텔에서 클라우디아는 홀로 거울을 보고 기발한 표정을 짓는데 자신이 웃음거리가 되는 건 아닌지 묻는다. 이

감성적인 여행은 예상치 못한 상황으로 급속히 끝난다. 클라우디아가 안나가 돌아왔을 것을 바라면서 (또는 두려워하면서) 산드로를 찾아 긴 복도를 뛰어오는 이 장면은 현재 삶의 방식의 해답은 없음을 보여준다.

그 후 장면은 파티의 잔재만 남은 텅 빈 방들을 보여준 후 소파 위에서 창녀와 엉켜 드러누워 있는 산드로의 모습이 드러난다. 클라우디아는 아치 길로 나온다. 나뭇잎이 흔들리는 이미지는 그녀의 혼란스러운 감정을 표현한 것이다. 기차의 경적과 개 짖는 소리와 파도 소리가 들린다.

진실이 통렬하게 드러난 마지막 장면에서 클라우디아는 서 있고 산드로는 어깨를 구부리고 앉아있다. 여자의 손은 남자의 머리를 쓰다듬는데 이는 '너의 곁에 있겠다'가 아니라 '너의 약점을 알겠고 가엾게 여긴다'는 '동정'이다. 남자는 가련하고 여자는 강해 보인다.[3] 클라우디아는 할 수 있는 유일한 선물인 어머니처럼 베푸는 위안을 준다. 시험과 좌절과 배신을 통해 그녀는 어떤 흔들리지 않는 내적 힘을 얻게 되었다. 이 영화는 실종된 안나를 찾는 것이 아니라 클라우디아가 자신을 찾고자 하는 추구이다.

「정사」의 클라우디아는 '자기의 최선의 자아에 대한 충실함'을 보여주고 있으며 이와 같은 삶의 자세는 혼돈을 향한 외적인 충동에 항

---

3) L' AVVENTURA DVD의 진 영블러드의 코멘터리.

거하여 삶을 응집하도록 하는 무엇이다.[4)]

마틴 스코세지는 안토니오니 사망 후 뉴욕 타임스에 기사를 실었다.[5)]

"「정사」를 여러 번 볼수록 안토니오니 시각적 언어가 우리를 세계의 리듬에 초점을 두게 한다는 것을 깨달았다. 빛과 어둠의, 건축의, 항상 거대하게 보이는 풍경 안에 자리 잡은 존재로서 사람들의 시각적인 리듬 그리고 시간의 리듬과 조율된 템포가 있었다. 템포는 천천히 움직여서 산드로의 좌절과 클라우디아의 자기 비난과 같은 캐릭터들의 정서적인 결점들이 그들을 압도하여 다른 '모험'들로 밀어 넣는다는 것을 깨닫게 해주었다.

(중략) 모든 시네마 가운데 가장 뇌리에서 잊히지 않는 그렇게 처연하고 우아한 마지막 장면에서 안토니오니는 매우 특별한 어떤 것 즉 살아 있음의 고통과 신비를 구사했다. …나는 「정사」로 인해 안토니오니의 이후의 영화들에 매혹되었다. 그들은 우리가 누구인가, 우리는 서로에게 그리고 우리 자신들에게, 시대에게 어떤 존재인가에 대한 미스터리를 제기한다. 안토니오니는 영혼의 미스터리들을 직접적으로 찾고 있었다고 말할 수 있다. …

안토니오니는 영화 자체에 새로운 가능성을 연 것으로 보인다. 「태

---

4) 로버트 리처드슨, 이형식 옮김, 『영화와 문학』, 동문선, 2000, p. 190, p. 192.

5) Martin Scorsese, "Film : The Man Who Set Film Free," *New York Times*, August 12, 2007.

양은 외로워」의 마지막 7분은 이전의 영화들의 마지막 순간들보다 더 놀라우면서 웅변적이다. 알랭 드롱과 모니카 비티는 만나자는 약속을 하나 그들 중 아무도 나타나지 않는다. 우리는 사물들을 보기 시작한다. 즉 횡단 보도의 선들, 홈통 안에 나무 조각의 떠다님. 그리고 우리는 주인공들이 한때 존재했었으나 사라진 장소들을 보고 있다는 것을 깨닫는다. 점차 안토니오니는 우리로 하여금 시간과 공간에 정면으로 대면하도록 한다. 그것은 우리를 두렵게 하기도 하고 자유롭게 만들기도 한다. 시네마의 가능성은 돌연 무궁무진해진다.

「여행자」의 뛰어난 마지막 쇼트, 그곳에서 카메라는 창문 밖으로 서서히 움직였다가 안뜰로 간다. 잭 니콜슨이란 캐릭터의 드라마로부터 바람과 열기와 빛의 세계가 당시 펼치고 있는 더 장대한 드라마에로 이동한다.

내가 그 사람 자체보다 더 잘 파악한 것은 그의 이미지들이었다. 이미지들은 내 뇌리를 떠나지 않고 나에게 영감을 준다. 이 세상에서 살아 있는 것에 관한 나의 감각을 확대시키면서."

현대의 정서 생활의 핵심 주제인 소외와 소통 불능을 다루는 「정사」, 「밤」, 「태양은 외로워」는 안토니오니 감독의 소외의 3부작으로 불린다.

안토니오니 감독은 배우를 이미지 요소로 보았고 배우의 얼굴, 연기, 안무, 표정들 모두가 이미지에 속한다고 생각했다. 이미지 자체가 스토리를 이야기하므로, 전체적 심상을 감지해야 하며 이와 같은 "은유적 접근"의 언어 때문에 상을 받았다.

이 영화는 영화의 문법을 바꿨다. 즉 영화를 만드는 사람들이 그들의 메시지와 주제를 전달하는 방식을 변화시켰다. 그것은 전후에 사르트르와 카뮈가 발전시켜 온 실존주의를 시네마의 형식에 집어넣었다. 삶 속에서의 공허함을 전달하기 위해 롱 테이크들, 플롯과 아무 관련이 없지만 단순하게 '관찰'하는 쇼트들을 통해 캐릭터의 내적 삶의 의미들을 드러내도록 했으며 이것들은 공허함의 기분을 전달한다.

감상

「정사」는 시대가 가진 딜레마, 관계의 불가능성이 주요 테마이다. 영화 속 인물들은 책임감과 삶의 목표가 결여되어 있고 겉으로는 부족한 것이 없어 보이지만, 실제로 내면은 의미 없는 일상으로 황폐한 상태이다. 이 영화는 섬처럼 되어버린 인간들, 인간 사이의 소외, 권태, 좌절 등의 현대인의 실존적 문제를 다루고 있다. 또한 남녀 사이의 소통할 수 없는 장벽과 현실 도피적 성의 표출을 그린다. 안토니오니는 조용한 방식으로 인물들의 삶의 텅 빔 그리고 그들이 느끼는 미묘한 고독을 절묘하게 보여준다. 권태를 해소하려고 서로에게 다가가지만 다시 권태에 빠지는, 외롭다 지칭하기에는 너무도 경박하고 피상적인 현대인들이 오늘날에도 넘쳐나고 있지 않은가.

로저 에버트는 영화평에서 삶에서 정신적인 깊이의 중요성을 강조하였다.

"최근에 그것을 다시 보았을 때 안토니오니가 영화의 고요한 절망의 외침을 위해 얼마만큼의 명확성과 정열을 쏟아 넣었는지 깨달았다. 그의 캐릭터들은 풍족한 돈으로 일, 책임감, 목표와 목적들의 잡무로부터 해방되었지만, 그곳에서 순전한 공허함을 발견하는 기생충적인 존재들이다. 물론 부자면서 행복한 것은 가능하다. 그러나 그러기 위해서는 정신과 호기심을 가져야 한다. 단순하게 끊임없이 오락거리를 제공받는 것만으로는 행복하기가 불가능하다. 「정사」는 우리의 상상 안에서 우울한 도덕적인 사막의 장소가 되어 버렸다."[6]

현대 세계의 공허함을 그린 이 영화는 엔딩에서 무능과 고립의 공허한 얼굴을 바라보면서 끝난다. 거기에는 어떤 희망적인 메시지도 없다. 인간은 미성숙하고 참된 사랑의 관계는 이루어질 수 없고 우리 존재는 너무나 세속적이고 의미 없는 것들에 매몰되어 있어 정신적 고상함이 끼어들 여지가 없다. 우리 자신의 삶은 어떠한지 다시 한번 생각해 보게 된다.

삶에서 정신적 충만함을 찾는 것은 소외되지 않기 위해서라도 얼마나 중요하고 지난한 과제인가.

---

6) Roger Ebert, "The Adventure", External Review, January 19, 1997, IMDB

「밤」 - 현대인의 권태

원제 : La Notte[1] (1961)

감독 : 미켈란젤로 안토니오니

수상 : 1961년 베를린 영화제 황금곰상

줄거리

「밤」은 밀라노에 사는 저명한 작가 지오반니(마르첼로 마스트로얀니)와 부인 리디아(잔느 모로)가 하루 동안 경험한 사건을 바탕으로 하였다. 지오반니와 리디아는 친구 토마소를 병문안한 후 출판기념회에 참석하고 리디아는 홀로 예전에 살던 동네를 가 본다. 지오반니는 부유해지면서 창조성이 고갈된 상태이다. 부부는 사업가가 주최한 가든파티에 간다. 지오반니는 파티 주최자의 매력적인 딸 발렌티나(모니카 비티)와 어울리고 리디아는 다른 남자를 만나 호텔까지 갈 뻔하다가 돌아온다. 새벽에 파티 장소를 떠나 걸으며 리디아는 토마소의 죽음을 알리고 더 이상 남편을 사랑하지 않는다고 밝힌다. 리디아는 옛 편

1) 스탠리 큐브릭 감독이 가장 좋아하는 10대 영화 중 하나임.

지를 읽어주나 지오반니는 자신이 쓴 것인 줄을 모른다. 이 하룻밤의 여행을 통해 지오반니와 리디아는 그들이 얼마나 습관적으로 살아왔고 서로에 대해 권태를 느끼는지 깨닫는다. 벤치에서 지오반니는 뿌리치려는 아내를 포옹하고 주위의 풍경들에는 아침 햇살이 빛나기 시작한다.

전개

영화 첫 장면은 고공에서 내려다보는 도시의 모습을 비춘다. 한 남자가 괴로워하며 침대에서 일어나려 하자 의사가 모르핀 주사를 놓는다. 지오반니와 리디아는 불치병을 앓는 친구 토마소의 병실로 찾아간다. 작가인 토마소는 예전에 리디아를 사랑했었고, 지오반니가 최근 쓴 책을 칭찬한다. 지오반니는 병실에서 나오다가 색정증 환자에게 유혹당하는 불쾌한 일을 당했다고 설명하나 아내는 관심을 보이지 않는다. 부부는 출판기념식에 가고 리디아는 잠시 들렀다 나와 걷다가 빈민가에 이른다. 그곳에서는 어린아이가 울고 있고 바닥에 쓰레기 더미와 고장 난 시계가 버려져 있고 벽을 만지니 가루가 부서져 떨어진다. 리디아는 예전에 행복하게 살았던 동네로 간다. 그녀는 하류계층 젊은이들의 주먹싸움에 개입하려 하다가 이긴 청년이 접근하자 겁이 나 간신히 도망친다.

부부는 사업가가 주최하는 가든파티에 가기로 한다. 두 사람 만의 시간을 갖고자 간 나이트클럽에서 지오반니는 "나는 더 이상 영감을 갖지 못하고, 단지 회상들만 가득하지. 이런 즐거움이라도 있으니 살아가지."라고 털어놓는다.

파티에 가니 다들 파티 주최자 딸의 말을 구경하느라 나와 있다. 지오반니는 군중들의 환영을 받는다. 사업가는 "난 항상 내 사업을 예술작품으로 보죠. 인생은 자기가 가진 재능으로 만드는 거죠."라고 말한다. 사장의 딸 발렌티나는 지오반니와 함께 게임을 한다. 리디아는 병원에 전화를 걸어 토마소가 세상을 떴다는 소식을 듣는다. 지오반니는 발렌티나와 키스를 하는데 이를 리디아가 위에서 바라본다. 야외에서 사람들이 춤추고 있다. 로베르토가 리디아에게 춤추자고 청하여 춤출 때 갑자기 소낙비가 내린다. 리디아가 다른 사람들처럼 풀에 뛰어들려고 하자 로베르토가 막아선다. 리디아는 로베르토와 함께 차 안에서 대화할 때 활짝 미소 짓고 있다. 두 사람은 차를 타고 어딘가에서 멈췄으나 리디아가 "미안해요. 안 되겠어요." 말하고 그들은 다시 파티장으로 온다.

저택 안에서는 발렌티나가 지오반니에게 "난 결혼을 깰 만큼 어리석지 않아요. 나머지 밤은 아내와 보내세요. 내 취미는 골프, 테니스, 운전, 파티가 다예요." 발렌티나는 "작년에 한 남자와 사랑에 빠졌던 것 같아요. 나하고 있으면 뭔가 잘못되어 버리고 결국 그것도 사라져 버리죠, 소통만 하려고 해도 사랑은 사라져 버려요."라고 말한다. "새로운 시작을 함께할 여자가 필요한가요"라는 발렌티나의 질문에 지오반니가 바로 당신이라고 답하는데 두 사람이 비 맞은 모습으로 등장한다. 리디아는 18살 발렌티나의 방에서 몸을 말리며 "내 몇 년간의 세월이 헛되이 사라지는 기분 모르죠? 죽어가는 기분이에요. 난 질투 같은 거 없어요. 전혀. 그게 문제죠." 리디아 부부는 휴가에서 돌아와서 만나자면서 나간다. 밖은 동이 터서 환하다.

새벽에 골프 코스를 걸으면서 리디아는 토마소가 죽었다는 소식을 전한다. 리디아는 "나에 대한 그의 사랑이 나를 더 당신을 사랑하게 했어. 당신에 대한 사랑이 죽어서, 나는 죽어 가는듯해."라고 심정을 토로한다. 지오반니가 "당신한테 해준 게 없단 걸 까맣게 잊고 있었어. 당신한테 많은 걸 주지 못했어. 내가 이기적이었어. 우리 둘을 다시 한번 믿고 새로 시작하자." 리디아는 지오반니가 결혼 직전 보낸 편지를 꺼내어 읽는다.

"아침에 눈을 떴을 때. 당신은 아직 자고 있군. 당신의 부드러운 숨소리를 들을 때. 헝클어진 머리카락 아래 당신의 감긴 눈을 보며. 난 가슴속 깊이 감동했어. 당신의 얼굴에서 아름다운 비전을 봤어. 내 삶의 전체를 담은 꿈이었지. 앞으로 평생. 평생이 다 간다 해도. 지금 이 순간이 가장 기적적인 순간이야. 처음으로 당신이 나만의 것이 되었으니…."

지오반니는 누가 쓴 편지냐고 묻는다. 그는 그것이 오래전에 자신이 쓴 편지인지도 모른다. 지오반니의 자기-유리(self-estrangement)

를 감지하게 되는 장면이다. 남자가 여자를 껴안는다. 여자가 뿌리치며 "난 당신을 사랑하지 않아. 당신도 그렇잖아. 말해." 남자는 "아니, 말 못 해." 카메라는 그들이 포옹하고 키스하는 동안 그들을 스크린의 왼편으로 옮겨 놓으며 햇살 내리쬐는 주변 풍경을 비춘다.

이것은 죽어가는 사랑의 이야기로 슬픈 결말이다. 여주인공은 그녀가 더 이상 사랑하지 않는 남편과 실망스러운 삶에 자신을 체념한다. 두 사람은 각기 다른 사랑을 찾고 있으며 서로가 그걸 감지한다. 두 사람은 서로에 대한 진실이 드러났으므로 아마도 그들은 헤어질 것이다. 또는 정열은 식었지만 상대에게 관심이 있고 솔직하게 대화를 하는 한 계속 살아갈 수 있을 것이다. 인생은 마라톤 경주가 아니라 여행이고 그 여정에서 우리는 여러 시행착오를 하고 깨닫게 된다. 애당초 지오반니가 진정으로 리디아를 사랑하지 않았을 수도 있다. 그가 현재 발렌티나를 유혹하려고 애쓰듯이 리디아는 과거에 자신의 재능으로 유혹할 수 있는 상속녀였을 뿐일 수 있다. 이 영화의 백미는 결말이 제시되지 않았다는 데 있다.

감상

안토니오니 감독은 대도시에서 소외되고 서로와 멀어지고 자신의 내적인 자아와 연결이 끊긴 주인공들의 권태와 근심을 그린다. 「밤」은 왜 그렇게 많은 결혼이 실패하는지의 현실을 잘 포착했다. 그것은 상대의 배신 때문이 아니라 함께 시작할 연계점이 사라졌기 때문이다. 작가로서의 명성이 높아지면서 창조의 열정이 고갈된 지오반니는 순수한 사랑의 감정이 아니라 원시적 성적 충동에 굴복한다. 리디아는 애당초 그렇게 예술을 사랑하는 인물이 아니었을지 모른다. 젊은 여성인 발렌티노 역시 관심사가 골프, 테니스, 운전, 파티뿐이라는 대화에서 나타나듯이 속물적인 인물로 보인다. 지오반니와 리디아, 발렌티나 세 사람에게서 공통으로 보이는 모습은 자기 자신으로부터 소외[2]된 모습이다.

마르틴 하이데거의 '일반인(das Man)'이라는 개념은 개인이 매 순간 자신이 치열하게 결정하지 않고 남들도 이렇게 사는데 하며 사회적으로 조립된 추상물인 '일반인'에 따름으로써 자신의 고유성을 포기한 채 불성실하게 존재하는 것을 말하며, 이것은 자기 자신으로부터의 소외이다. '일반인'은 우리의 실존이 제기하는 형이상학적 의문들을 봉인함으로써 우리들이 불성실하게 살아갈 수 있도록 해준다. 우리가 필연적인 죽음을 향해 짤막한 생애를 달려가는 동안 주위 사방의 어둠 속에 둘러싸여서 이러한 자신의 조건을 의식하게 될 때, 거의 모든 인간이 어느 순간엔가 느끼는 '왜'라는 고통스러운 의문은

2) 자기 소외는 여러 가지 점에서 자기 스스로에 대해 괴리의 감정을 느끼는 것. 자신의 다른 부분으로서 자기에 대하여 서먹서먹한 것. 자기와 대립하거나 동떨어진 것을 일컫는 말.

사회가 제시하는 상투적인 답변에 의해 곧 사라진다. 남들도 다 그렇게 사는데…. 사회는 우리로부터 이러한 의문을 제거해 주는 기성품의 종교적 시스템과 사회적 의식을 제공한다.[3)]

안토니오니 감독은 「밤」에서 전편인 「정사」에서 제기된 진정한 관계의 불가능성과 상류층의 권태와 자기 소외를 그린다. 그들은 일상에 함몰되어 살아가는 형국이다. 사실 이 시대 상류층만은 아니리라. 대부분 현대인도 같은 방향의 길을 가고 있으니까. 세계와의 연결이 끊긴 인간들의 삶이 어떠한가를 탐구하는 안토니오니의 작품들은 시대가 흘러도 여전히 우리의 삶에서 생생하게 느껴진다는 점에서 위대하다.

영화를 보며 답답함이 느껴졌다. 『적지와 왕국』에서 카뮈가 제시하는 '왕국'은 우리들이 마침내 새로이 태어나기 위해서는 반드시 되찾아야 할 자유롭고 벌거벗은 삶이다. 그런 삶으로 나아가기 위해서는 사막 같은 유형지('謫地')에서 예속(servitude)과 동시에 소유(possession)를 거부할 수 있어야만 가능하다.[4)] 이를 위해 타성에 젖은 '일반인'으로서의 삶을 떨쳐 내고 자기 소외에서 해방되어야 할 것이다.

---

3) 피터 L. 버어거, 한완상 역, 『사회학에의 초대』, 현대사상사, 1982, p. 199.

4) 원제목 'L'Exil et le Royaume' l'exil은 고향으로부터의 추방 또는 유형의 뜻. 이 세계는 어디나 유형지요 사막이다. 그러나 그 적지는 우리에게 주어진 유일한 왕국이기도 한다. 알베르 카뮈, 김화영 옮김, 『적지와 왕국』, 책세상, 2014, pp. 9-10. 서문

「태양은 외로워(The Eclipse)」 - 현대인의 소외

원제 : L'Eclisse (1962)

감독 : 미켈란젤로 안토니오니

수상 : 1962년 칸느 영화제 심사위원 대상

줄거리

번역가 빅토리아(모니카 비티)는 3년 동안 만나온 리카르도와 헤어진다. 빅토리아는 증권거래소에서 주식 중개인 피에로(알랭 드롱)를 만나 호감을 느낀다. 빅토리아는 이웃집에서 흑인 분장을 하고 즐기고 친구 남편이 모는 소형 비행기를 타고 하늘을 날며 멋지다고 느낀다. 주식이 폭락 장세이고 피에르는 민첩하게 움직인다. 두 사람은 함께 저녁을 먹었고 웬 남자가 피에르의 차를 타고 달아난다. 다음날 차는 호수에서 인양되는데 피에르는 죽은 사람에 대한 언급 없이 중고로 팔고 다시 새 차를 산다. 두 사람은 만나 피에르의 집에 가서 사랑을 나눈다. 그들은 다음날 8시 같은 장소에서 만나기로 약속하고 헤어지나 약속 장소에는 어느 누구도 모습을 나타내지 않는다. 에필로그 시퀀스는 약속 장소 주변 사물의 몽타주로 이어진다. 안토니오니 감독은 기다림의 시간과 의미 없이 흘러가는 시간을 영화 속에 시각적으로 사실적으로 포착했으며, 이는 수천 마디 말보다 더 우리에게 허무함과 공허함을 불러일으킨다.

전개

이 작품의 원제는 일식(L'Eclisse)이다. 즉 빛의 소멸을 뜻한다. 사랑, 행복 등의 느낌들이 사라진 거리에 가로등 불이 하나둘씩 켜진다.

첫 장면에서 로마에 사는 번역가 빅토리아는 3년 동안 만난 연인 리카르도에게 헤어지자고 한다. 사랑이 없어져서 두 커플이 이별하는구나를 느낄 수 있다. 어느 날 빅토리아는 어머니가 다니는 증권거래소에서 주식 중개인 피에로를 만난다. 증권 거래소에서는 죽은 주식 중개인을 위한 묵념으로 아주 잠깐 정적이 흐르다가 곧이어 주식 경매장은 아수라장이다. 빅토리아의 어머니는 전쟁을 겪으며 아이들을 키웠기 때문에 가난을 두려워하고 돈을 중시하지만 빅토리아는 돈에 집착하지 않는다.

빅토리아는 옆집에 사는 친구와 함께 이웃집 여성의 집에 놀러 가서 아프리카 사진을 본다. 이웃집 여성은 어린 시절을 아프리카에서 보냈고 케냐의 자연을 그리워 하나 원주민들을 원숭이라고 부르는 인종차별주의자이다. 빅토리아는 흑인 여성 분장과 복장을 하고 즐겁게 춤을 춘다.

소형 비행기가 활주로를 달리다 뜬다. 빅토리아는 친구와 함께 친구 남편이 모는 소형 비행기를 타고 있다. "저기 저 구름 속으로 들어가요." 빅토리아는 친구에게 여기는 정말 멋지다고 감탄한다. 자유를 사랑하는 빅토리아의 성격을 알 수 있다.

주식거래 시장에서 주식이 폭락 장세이고 피에르는 여기저기 전화하느라 바쁘다. 어머니는 수백만 리라를 잃었다. 빅토리아는 피에르가 5천만 리라를 잃었다고 한 사람 뒤를 밟는다. 그는 카페에서 물을 마신 후 무언가를 그린다. 빅토리아는 피에르에게 "보세요. 꽃을 그렸어요. 돈 다 잃었다는 사람이요." 빅토리아가 주변에 대해 관심을 갖고 관찰함을 볼 수 있다.

피에르가 사무실에서 오늘 밤 만나자고 전화한다. 빅토리아와 피에르는 하얀색 오픈카를 타고 근처 레스토랑에 간다. 피에르는 "난 우리가 왜 시간 낭비하는지 모르겠어요."라고 말한다. 웬 술 취한 남자가 지나가다가 피에르의 차를 타고 달아난다.

호수 옆, 많은 사람이 모여 구경하는 가운데 크레인에 하얀 차가 올라온다. 안에는 시신이 보인다. 빅토리아가 온다. 피에르는 "천천히 가라앉았나 봐요. 차량 파손이 얼마 안 되었소. 차를 팔려고 해요. 이 사건으로 시간을 낭비했죠."라고 말한다. 피에르가 죽은 이에 대해 일말의 감정도 표현하지 않는다는 사실을 통해 그의 소외[1]를 읽을 수

---

1) 개인이 자신의 이익 추구와 아무런 연관이 없는 사실에 대해서는 관심을 갖지 않음.

있다. 빅토리아는 "내가 당신 시간을 뺏고 있나요?"라고 묻는다. 빅토리아는 어떤 남자가 지나가자 장난스럽게 휘파람을 분다. 피에르는 "저기로 가서 난 당신에게 키스할 거예요." 두 사람이 키스하는 동안 큰 나무의 나뭇잎들이 바람에 흔들린다.

빅토리아가 만나자고 전화를 건다. 두 사람이 만났을 때 피에르는 자기 집으로 가자고 말한다. 피에르의 집에는 화려한 미술품들이 많다. 피에로는 태어날 때부터 부자이다. 피에르가 "여기서 태어났죠. 지난밤에는 뭘 했어요?"라고 묻는다. 빅토리아는 "왜 우리는 그렇게 많은 질문을 하지요? 사랑에 빠지려면 너무 많이 알려 하면 안 돼요. 그러나 그러면 결코 사랑에 빠지지 않을 거예요."라고 대답한다. 피에르가 빅토리아를 안으려다 블라우스를 찢는다. 피에르가 다른 방으로 피해 간 빅토리아를 따라와 두 사람은 쾌락을 나눈다.

피에르가 청혼하자 빅토리아는 결혼을 그리워하지 않는다고 말한다. 빅토리아를 이해할 수가 없다는 피에르의 말에 빅토리아는 서로 사랑한다면 이해할 수 있다고 대답한다. 피에르가 "우리가 계속 만날 수 있을까요?"라고 묻는다. 빅토리아는 "모르겠어요."라고 답하며 덧붙인다. "당신을 사랑하지 않았으면 해요 아니면 더욱더 사랑하든가." 그때 갑작스럽게 울리는 초인종 소리에 빅토리아가 간다고 하자 피에르는 "우리 내일 만날까요? 그리고 그다음에도."라고 묻는다. 빅토리아도 "그리고 그다음에도 8시 같은 장소에서."라고 화답한다. 두 사람은 포옹하고 헤어진다. 빅토리아는 계단을 내려가다 생각에 잠긴다. 그들은 서로 좋아하고 육체적으로 끌리지만, 그들의 삶의 방식과 성격이 너무 다르므로 서로를 이해할 수 없고 진정한 관계를 맺을 수 없다.

'그날 밤, 그 장소, 8시.' 두 사람은 매번 만나던 장소에서 다시 만나기로 하고 헤어지지만 약속된 날 두 사람 모두 그 장소에 나타나지 않고 때마침 일식이 시작된다. 아기를 실은 유모차가 지나가고 말이 끄는 마차가 지나가고 텅 빈 거리에서 버스가 떠나고, 어디선지 수도 파이프에서 물이 졸졸 새어 흐른다. 버스가 멈추고 한 무리의 사람들이 내린다. 신문을 들고 걸어가는 사람. 나뭇잎이 떨어지고 할아버지 얼굴이 클로즈 업 되고 유모차의 아기가 유모를 쳐다보고 어둠이 깔리는 하늘에 가로등이 하나둘씩 불이 켜진다.

카뮈가 "우리는 오직 이미지를 통해서만 사고한다."[2]고 언급했듯이 마지막 시퀀스[3]는 도시의 삶이 가져다주는 쓸쓸한 허무함을 안기는 위대한 영상시이다.

마지막 7분간 에필로그에서 감독은 모든 것이 허무하고 공허하다는 추상적인 명제를 보여 주기 위해 구체적인 이미지들을 세심하게 선택하여 제시하였다. 다음은 시퀀스 일부이다.[4]

2) 알베르 카뮈, 김화영 옮김, 『작가수첩 I』, 책세상, 2017, p. 28.

3) 공간이나 시간 단위에 따른 하나의 서사 단위를 구성하는 숏들의 모임(프랑시스 바느와, 안 골리오, 주미사 옮김, 『영화 분석 입문』, 한나래, 2007, p. 48.)

"나무 그림자가 흰 벽에 비친다.

그다지 밝지 않은 태양 빛이 아스팔트에 던진 두 개의 그림자.

그 뒤에서 피에르와 빅토리아가 종종 거닐던, 지금은 텅 빈 스타디움의 파노라마 쇼트. 거리는 텅 비어 있다.

아스팔트에 보행인을 위해 그려진 흰 선. 발소리가 들린다. 지나가는 행인의 소리.

건축 중인 집을 따라 쳐진 나무 담장. 행인은 배경 속으로 사라진다. 바람에 떨리는 나뭇잎…"

다른 영화들처럼, 안토니오니는 스토리를 이야기하지 않고 캐릭터들 간의 대화의 결핍, 그들의 소외와 의미 있는 관계를 만들 수 있는 능력이 없음을 표현하는 특수한 테크닉을 사용했다. 이것이 그들의 천박한 성격 때문인지 피상적인 것들이 두드러지는 현대 사회에서 살아가기 때문인지는 보는 사람이 결정할 일이다.[5]

다른 사람의 인격은 우리로 보아서는 영원히, 거의 도달할 수 없는 비밀이다. 사랑은 이 비밀 속으로 스며들고자 하는 시도이다. 그들은 서로 만나서 사랑을 나누지만 미흡함을 느낀다. 이것이 과연 자신들이 원했던 것인가? 마치 서로 평행선으로 달릴 뿐 만나질 수 없는 소외된 현대인의 모습이다.

---

4) Michelangelo Antonioni, *Screenplays of Michelangelo Antonioni*, trans. Louis Brigante and Roger J. Moore, New York: Orion, 1963, p. 357.(로버트 리처드슨, 이형식 옮김, 『영화와 문학』, 동문선, 2000, pp. 74-75에서 재인용)

5) Aleksander Novakovic, "L' Eclisse", Psychologically Significant Movies

안토니오니는 "모든 느낌들의 소멸(eclipse)"을 보여 주려고 엔딩을 의도했다고 말했다. 「태양은 외로워」와 소외 3부작 둘 다에 대한 종결부로서 그것은 적절했다.

감상

이 영화는 두 남녀가 사랑에 도달하지 못함과 물질적 부가 사람들을 소외시키는 효과를 가장 직접적으로 그렸다.

개인이 상대방과 진정한 관계를 맺는 것이 왜 이리 힘들까? 에리히 프롬은 『사랑의 기술(The Art of Loving)』에서 "상대를 정말로 사랑한다면 그와 하나라고 느낀다. 이용 대상으로 보는, 내가 필요한 모습이 아닌 실제 그와 하나"[6]라고 말이다. 에리히 프롬은 두 사람이 사랑에 이르기 위해서는 우리가 자동차 운전 기술을 배우듯이 사랑의 기술을 배워야 하고 이를 위해 '훈련'과 '집중'과 '인내'가 필요하다고 한다. 훈련은 자발적으로 어떤 일에 매진하고자 하는 선택이다. 집중은 "마음 챙김" 명상에서와 같이 일이나 상대에게 초점을 맞추어 마음을 향하게 하는 것이다. 또한 집중은 혼자 있을 수 있는 능력이다. 우리는 혼자 있으면 자신을 찾을 수 있고 마음을 내려놓고 자신을 사랑하는

6) 옌스 푀르스터, 장혜경 옮김, 『에리히 프롬』, 아르테, 2019, p. 91에서 재인용.

법을 배울 수 있다. 이것이 타인을 사랑할 수 있는 기틀이 된다.[7] 이 과정에서 성숙한 태도가 형성된다.

21세기를 나르시시즘의 시대라고 하는데 나르시시즘은 자기애(self-love)로 자신의 외모, 능력 등이 뛰어나다고 믿거나 자기중심적인 성격 또는 행동으로 정의되는데 이는 사물을 바라보는 객관적인 시각을 왜곡한다. 프롬은 우리에게 나르시시즘을 벗어던지라고 말한다. 나를 중심으로 세상을 바라보고 모든 것을 계산한다면 사랑은 불가능하기 때문이다.

자본주의 사회에서 모든 것은 효율성으로 시간 투자에 대한 결과물 평가로 이루어진다. 영화 속에서 피에르는 항상 시간에 쫓기고 시간을 낭비하고 있는 게 아닌가 라는 의구심을 표명한다. 이 같은 태도야말로 낭만적 사랑을 하기 어렵게 만드는 삶의 방식이 아니던가.

7) 앞 책, pp. 104-107.

「윈터 슬립(Winter Sleep)」 - 자아의 감옥

원제 : Kis Uykusu[1] (2014)

감독 : 누리 빌게 제일란

각본 : 에브루 제일란, 누리 빌게 제일란, 안톤 체호프 단편 "아내"와 "뛰어난 사람들"

수상 : 2014년 칸느 영화제 황금종려상

줄거리

은퇴한 배우 아이딘(하룩 빌지너)은 젊은 부인 니할과 이혼한 여동생 네즐라와 함께 카파토키아에서 호텔을 운영한다. 어느 날 아이딘이 탄 차에 세입자 아들이 돌을 던져 유리창이 깨진다. 삼촌인 이맘과 사과하러 온 아이는 손 키스하라는 말에 기절해 버린다. 네즐라는 아이딘이 고통받지 않으려고 자기기만한다고 비판한다. 니할이 집에서 자선모금 파티를 한 후 아이딘은 니할에게 자선모금 사업을 하지 말라고 화를 낸다. 네즐라와의 언쟁 후 아이딘은 최근 구입한 야생마를 풀

1) 'Kis uykusu' 은 터키어로 '겨울잠(hibernation)' 을 뜻한다. 마지막 흐르는 선율은 슈베르트의 피아노 소나타 20번 A장조 2악장.

어주고 이스탄불로 떠나려다가 친구 집을 방문한다. 니할은 세입자 집에 찾아가 큰돈을 기부하지만, 세입자는 그 돈을 불길에 던져버린다. 다음 날 아이딘은 사냥한 토끼를 들고 집으로 들어오며 스스로를 내려놓는 독백이 흐른다. 눈이 펑펑 내리는 카파도키아의 아름다운 설경과 함께 슈베르트의 피아노 선율은 서정성과 함께 비애감을 느끼게 한다.

전개

'인간의 영혼을 이해하기 위해 영화를 만든다'고 말하는 튀르키예의 제일란 감독은 체호프의 단편에서 영감을 받아 이 작품을 만들었다. 체호프는 일상에 가려진 인간의 본질과 속물성, 허위의식을 잘 포착하는 작가로 알려져 있다.

주인공 아이딘은 권력과 부와 영향력을 가졌지만 주위 세계를 보다 낫게 변화시키려는 책임감을 느끼지 않는 지식인 부르주아를 대표한다. 아이딘이 야생마를 파는 이에게 말을 부탁하고 돌아오는 길에 세입자의 아들 일리어스가 던진 돌에 아이딘의 자동차 유리가 깨진다. 일리아스가 도망치다 개울에 빠져 몸이 젖자 아이딘은 아이를 집에 데려다 준다. 세입자 이스마일은 교도소를 가는 바람에 집세가 여러 달 밀렸다. 밀린 집세를 갚지 못해 빚 독촉업자가 냉장고와 TV를 빼앗아 가는 과정에서 이스마일은 반항하다 경찰에게 맞았다. 다음 날 아이의 삼촌인 이슬람교의 이맘인 함디가 아이딘을 방문하는데 그는 이맘이 공손한 것을 교활하고 논점을 흐린다고 폄훼한다.

저녁에 네즐라가 아이딘의 서재로 와서 "가령 우리가 악에 저항하지 않는 사고방식을 행동의 토대로 삼으면 우리 삶은 어떻게 될까?"를 묻는데 아이딘은 내가 알게 뭐냐며 답한다. 네즐라는 자신은 쉽게 외면하지 못한다며, 악행에 그러려니 하는 것은 아이딘의 자기기만이라고 비판한다.

그 다음 날 식사 시간에 함디 이맘이 일리아스를 데리고 와서 용서를 구하기 위해 아이딘의 손에 입을 맞추라고 강요하자 아이는 그 자리에서 기절해 버린다. 아이 입장에선 자신이 원수로 여기고 있는 자에게 입 맞춘다는 것은 끔찍하였으리라. 그 후 광활한 지역에서 자유롭게 살아가는 야생마 중 어느 한 마리에 밧줄을 던져 포획하는 장면이 나오는데 잡힌 말은 격렬하게 반항하다가 개울에 빠져 끌려 올라온다. 마치 전통적 가족관계에 길들여져야 했던 젊은 아내 니할을 연상시킨다.

아이딘은 지방 신문에 매주 칼럼을 기고하는데 이맘이 공동체에 모범이 되어야 한다는 내용의 칼럼을 쓴다.

네즐라는 니할에게 전 남편이 알코올 중독자가 됐다면서, 자신이 이혼하지 않고 그가 스스로 악한 측면을 직면하게 했더라면 좋았을 거라고 이야기하자 니할은 "악을 앞에 두고도 침묵한다면, 상대방의 악행을 더 정당화하는 구실밖에 안 돼요."라고 말한다. 네즐라는 지식층 여성을 상징하는 대표 인물이다.

저녁에 아이딘의 서재에서 네즐라는 아이딘의 칼럼이 위험을 무릅쓰지 않으며 모두에게 환심을 사는 글을 쓴다고 비판한다. 종교 칼럼을 쓴 것에 대해서도 "부모님 죽음에 슬퍼하지도 않고 부모님 묘에도 안 가본 오빠가 영성을 논하다니 가식적이야."라고 비난한다. 네즐라는 니할의 자선모금도 '자선이란, 배고픈 개한테 뼈다귀를 던져 주는 게 아니라 자기도 배고플 때 나누는 거야.'라며 비판한다. 네즐라는 "오빠 문제가 뭔지 알아? 고통받지 않으려고 스스로를 속이는 거야. 용감하게 진실에 직면해야 해. 더 사실적인 걸 찾고 있다면 파괴적이 돼야 돼. 하지만 직업이 배우라서 본 모습을 잊은 거야." 이에 대해 아이딘은 네즐라가 소심하고 게으른 탓에 기생충처럼 도움받으며 사는데 익숙하다면서 비난한다. 여동생과 말다툼한 후에 아이딘은 변화의 징조를 보인다. 아이딘은 부모님의 묘소를 방문하는데 그의 얼굴은 회한에 차 있다.

아이딘이 집에 오니 니할이 주선하는 자선 모임이 열리고 있다. 교사 레반트는 소외계층 학교를 보수할 경비가 필요하다고 한다. 다음날 아이딘은 니할에게 안락한 삶의 고마움을 모른다면서 니할이 하는 자선사업을 말린다. 그는 "내가 뭘 잘못했는지 말해줘. 당신에게 결혼 강요한 적 없고 자유를 더 원하면 그렇게 해."라고 말하자 니할은 정서적으로 감옥에 갇힌 듯한 느낌을 털어놓는다.

니할 : 당신이란 사람 못 견디겠어요. 이기적이고 심술궂고 냉소적인 성격, 그게 당신 죄목이에요. 젊고 자신감 넘쳤던 여자가 공허함과 권태, 두려움으로 시들어 가는 걸 보면서 당신은 아무런 가책도 느끼지 않았나요? 인생의 절정기를 낭비했고 당신과 싸우느라 내 장점을 다 잃었어요. 한 지붕 아래 살더라도 우리 앞길은 달라요. 그러니 각자의 길을 가요.

아이딘 : 있는 그대로 안보고 신처럼 떠받들다가 신이 아니란 이유로 면전에서 화를 내는 게 당신 생각에는 타당한가?

그렇게 말하면서 아이딘은 익명 기부자로 서명했다면서 돈이 담긴 봉투를 건넨다.

밖에는 비가 온다. 아이딘은 잡혀 온 말한테로 가서 그 말을 자유롭게 풀어 준다. 그의 변화된 심정을 보여 준다. 흰 눈이 펄펄 내리는 다음 날 아침 아이딘은 차로 기차역에 도착하지만 기차는 폭설로 연착된다. 역에는 여우가 얼어 죽어 있다. 아이딘은 친구 수아비 네로 간다.

한편, 니할은 세입자의 집을 방문하여 이맘을 만난다. 니할이 이맘에게 봉투를 내밀자, 이맘은 액수가 큰 것에 놀라는데 그때 이스마일이 들어와 지폐 뭉치를 세어 보며 "이건 목숨을 걸고 아빠 명예를 지키려던 아들 일리아스의 몫, 이건 착한 동생의 몫, 이건 아들 앞에서 두들겨 맞은 이스마일 본인의 몫, 이건 양심을 구하려는 니할 여사의 몫이라면 계산을 잘 맞추셨군요. 이 사람은 부인의 친절에 감사할 줄 모르는 주정뱅이일 뿐입니다."라고 말하며 돈다발을 벽난로 불에 넣는다. 니할은 울부짖는다.

이튿날 눈 덮인 벌판에 아이딘 일행은 사냥하러 간다. 아이딘은 개울가에서 발을 씻다가 토끼를 발견하고 총을 쏜다. 아이딘은 죽어가는 토끼를 바라본다.

사냥한 토끼를 들고 아이딘이 호텔 문으로 들어온다. 니할이 창문 밖을 지켜보는 가운데 아이딘의 독백이 들린다.

"니할, 나 안 갔어. 못 갔지. 늙어서일 수도 있고 미쳐서일 수도 있고 내가 달라져서일 수도 있지만 좋을 대로 생각해. 나도 모르겠으니까. 하지만 내 안의 새로운 내가 나를 놓아주지 않네. 나한테 가라고 하지 마. 이스탄불에 갈 이유가 전혀 없다는 걸 알았어. 가봤자 모든 게 낯설 뿐. 다른 곳에서도 마찬가지지만. 이걸 알아줘. 내겐 당신뿐이라는 사실. 그리고 매 순간 당신을 그리워하지만 내 자존심 때문에 말하지 못했어. 당신과 헤어진다면 정말 끔찍하고 헤어지지 못하리란 걸 아는데. 당신이 나를 더는 사랑하지 않기에 예전으로 돌아갈 수는 없겠지. 그럴 필요도 없고. 나를 하인처럼 데리고 다녀. 노예처럼 데리고 다녀줘. 그렇게 해서 우리 삶을 이어 가. 당신 방식으로라도 삶을 계속하자고. 나를 용서해줘."

감상

다야드밤(공감하라)

나는 언젠가 문에서 열쇠가 돌아가는 소리를 들었다.[2)]

단 한 번 돌아가는 소리

각자 자기 감방에서 우리는 그 열쇠를 생각한다.

—T. S. 엘리엇, 『황무지』, p. 114.

영화의 제목인 겨울잠이 고립을 상징하듯이 여러 캐릭터는 각자 자아의 감옥에 갇혀 살아간다. 『황무지』의 '천둥이 한 말'에서 천둥은 우파니샤드에서 유래한 '주라', '공감하라' '자제하라'는 구원의 메시지를 보낸다.[3)] 그렇지만 적절히 주기에는 우리는 너무 신중하고, 적절히 공감하기에는 너무 자신들에 갇혀 있으며, 자제하기보다 자제를 당하도록 되어 있다.[4)] 엘리엇은 우리가 자신의 자아 속에 갇혀 있기 때문에 타인과 공감하라는 명령을 따를 수 없다고 암시한다.

---

2) 단테의 『신곡』 지옥 편 33장 46행 우골리노는 아이들과 함께 탑에 갇혀 굶어 죽은 일을 회상한다.

3) 신들과 인간들 그리고 악신들이 부친인 쁘라자빠띠에게 차례로 물었다. 쁘라자빠띠는 그들에게 한 음절의 '다'로 답했다. 그들은 각기 '자제하라', '주라', '자비를 베풀라'로 받아들였다. 신들은 천성적으로 자제하지 못하니, 자제하는 자들이 되라고 말씀하신 것이다. 인간들은 천성적으로 탐욕스러우니, 힘닿는 대로 함께 나누라고, 주라고 말씀하신 것이다. 악신들은 천성적으로 잔혹하고 폭력에 몰두하니, 생명체들에게 자비를 베풀라고 말씀하신 것이다. 브리하드아란야까 우파니샤드 다섯 번째장 두 번째 절(본 책의 pp. 182-183. 참조).

4) T.S. 엘리엇, 황동규 옮김, 『황무지』, 민음사, 2015, '해설' p. 128.

아이딘은 스스로를 정의롭다 생각하지만 집세가 밀린 세입자에게 빚 독촉업자를 보내 냉장고와 TV를 빼앗고, 깨진 차 유리창 값을 부풀리는 자기 관리인의 악행을 모른 채 넘어갔다. 그는 마음속으로 이맘을 폄훼하고 비난조 칼럼까지 쓰는 오만함의 자아의 감옥에 갇혀 있다.

니할은 가부장적인 남편과 살며 자유를 억압받았으나 현재 자신의 나태하고 따분한 삶의 탓을 남편에게 돌리며 주체 의식이 결여된 자아의 감옥에 살고 있다. 니할은 위안으로 삼은 자선도 제대로 하지 못한다. 만약 자선을 베푸는 것이 그걸 받아들이는 개인의 명예를 짓밟는다면, 그것은 진정한 자선인가 아니면 개인의 위안거리에 불과한 것인가?

네즐라는 이혼 후 어떤 새로운 것을 시도하지 않음으로써 영혼이 시들어 가는 따분함의 감옥에 갇혀 있다. 변화에 대한 두려움과 저항이 네즐라로 하여금 진정한 내적인 힘을 찾지 못하게 방해하는 족쇄로 작용한다.

이처럼 자존심, 외로움과 절망이 세 캐릭터의 마음을 휘몰아 치고 각자가 서로를 존중하지 않으므로 대화에서 서로의 마음을 찌르는 듯한 표현들이 등장한다.

영화에서는 지주와 세입자, 지식 계급과 노동 계급, 종교와 세속, 대도시와 시골, 가부장적 전통 사회에서의 남성과 여성 등 사회의 각종 대립하는 집단 간의 갈등들이 부각되어 있다.

이스마일은 부자에 대한 적대감이 있다. 그는 교도소 갔다 온 후 실업 상태인 자신의 열등감을 술로 달랜다. 그는 충동적이고 폭력적인 경향이 있어 일리아스가 차 유리창을 깼다고 하자 아들의 뺨을 때리고 맨손으로 집 유리창을 깨뜨려 손에 피를 흘린다. 기부받은 거액의 돈을 난롯불에 던짐으로써 그가 아들의 미래를 걱정하기보다 자신의 자존심을 세우는데 더 큰 가치를 둠을 알 수 있다.

함디 이맘은 일리아스가 돌을 던짐으로써 촉발된 갈등의 중재자 역할을 하면서 굴종적인 모습을 보인다. 그는 과도하게 아이딘에게 공손하고 항상 미소를 짓는 데 일부러 짓는 가면일 것이라는 안쓰러운 느낌을 준다.

일리아스는 돌을 던진 당사자로 불공정에 대한 분노를 느끼지만 자신의 무능력함을 깨닫는다. 아버지가 돈을 벽난로에 던져 넣는 장면을 문틈으로 엿본다.

「윈터 슬립」은 주인공 아이딘이 외적 갈등과 내적인 성찰을 통해 스스로 깨달음에 이르는 과정을 보여 준다. 여동생과 다툰 후에 그는 서서히 변하는데 야생마를 아나톨리아 초원 지역으로 다시 돌려보낸 것은 잘못된 사고방식을 바로잡으려는 시도이다. 마지막에 아이딘은 자신이 정서적 약점들을 지니고 있음을 인정하고 자기 고백을 통해 평화를 되찾는다. 그가 튀르키예의 연극의 역사를 집필하기 시작하는 모습은 더 이상 우월한 존재로 군림하려 하지 않고 스스로를 내려놓을 때 오는 진정성의 힘을 느끼게 한다.

| 사회학적 시선 |

소외의 시대는 계속되고 있는가?

소외는 어떤 것인가? 사회학에서 소외는 인간이 그들의 본성으로부터나 사회로부터 연결되지 않거나 낯설게 느낄 때의 상태를 뜻한다. 사회심리학자들은 개인이 자신의 이익 추구와 아무런 연관이 없는 사실에 관해서는 관심을 조금도 갖지 않으려는 현상을 개인적인 소외로 정의하고 있다.

소외를 측정하는 지표를 다음과 같은 다섯 가지이다. 무력감, 무의미, 무규범, 고립, 자기 유리(self-estrangement).

카프카의 『변신』은 한 인간이 세상과 자기 자신으로부터 소외되는 현상을 그리고 있다. "그레고르 잠자는 어느 날 아침 불안한 꿈에서 깨어났을 때, 자신이 잠자리 속에서 한 마리 흉측한 해충(Ungeziefer)으로 변해 있음을 발견했다."[1] 『변신』의 많은 부분이 그레고르가 새로운 형태에 익숙해지려고 투쟁하면서 머릿속에 스쳐 지나가는 것들이다. 그레고르의 방안으로의 육체적 고립은 현대 사회로부터의 소외를 가리킨다. 그레고르는 생계를 담당했던 그가 가족의 기생충이 된

---

1) 프란츠 카프카, 전영애 옮김, 『변신 · 시골 의사』, 민음사, 2008, p. 9.

것에 죄책감과 수치심을 느낀다. 벌레로 변한 그레고르를 대하는 가족들의 태도는 잔인하고 비인간적이다. 아버지가 던진 사과가 등에 박히고 그의 누이는 해충을 집 밖으로 내보내야 한다고 주장한다. 그레고리 스스로도 자신은 없어져야 마땅하다고 생각하고 감동과 사랑으로써 식구들을 회상하며 그의 숨이 멎는다. 가족 그 누구에게서도 이해받지 못하고 그의 오랜 시련은 끝났다. 『변신』은 20세기에 쓰인 시적 상상력의 위대한 작품이다.

2021년 현재 한국의 자살률은 인구 10만명당 24.1명으로 OECD 1위다.

작가 윌 스토는 자신의 저서 『셀피 : 서구는 어떻게 자신에게 집착하게 되었는가』에서 우리 시대가 처한 자기 서사의 위기는 많은 사람을 자살로 이끌고 있다고 주장한다.[2] 윌 스토에 의하면 사회는 타인의 거울에 비친 사회적 완벽주의를 조장하여 자신에 대한 높은 기대와 다른 사람의 기대에 못 미칠 때 실망감을 느끼게 한다. 자기의 영웅 여정이 제대로 진척되지 않으면 자기 자신은 적대자가 된다. 우리의 서사적 자아는 이렇듯 쉴 새 없이 도전받는다.

최근 우울증, 자해 등 정신적 문제를 가진 비중이 10대와 20대층에서 가장 빨리 증가하고 있다. 국립중앙의료원 등에 따르면, 2021년 6월부터 2022년 6월까지 자해 · 자살 시도로 응급실에 온 4만

---

2) 자미라 엘 우아실, 프리데만 카릭, 김현정 옮김, 『세상은 이야기로 만들어졌다』, 원더박스, 2024, pp. 462-463.

3268명 중 46%가 10-29세였다. 전문가들은 "우울증 등으로 인한 공격 충동 성향이 안으로 발현하면 자해, 밖으로 나타나면 범죄로 이어지는 경우가 많다."고 했다.[3)]

우리나라 사회가 우울한 것은 지나치게 물질적인 것에 가치를 두고 있어서는 아닐까? 미국 여론조사 기관 퓨리서치는 17개국을 대상으로 "당신이 삶에서 가장 가치 있다고 생각하는 것은 무엇인가?"를 물었고 한국인은 '물질적 행복'을 삶의 1순위(19%)로 꼽았다. 이어 건강(17%), 가족(16%) 순이었다. 14개 국가에서 '가족'이 1위를 차지한 것과 대조된다. 17개국 국민이 가치 있게 생각하는 것은 가족(38%), 직업(25%), 물질적 행복(19%) 순으로 나타났다.[4)]

피로사회

병원, 정신병자 수용소, 감옥, 병영, 공장으로 이루어진 푸코의 규율사회는 더 이상 오늘날 존재하지 않는다. 규율사회는 사라졌고 그 자리에 완전히 다른 사회가 들어선 것이다. 21세기의 사회는 규율사회에서 성과사회로 변모했다. 성과사회의 주민은 더 이상 "복종적 주체"가 아니라 "성과 주체"라고 불린다.[5)] 규율사회의 부정성은 광인과 범죄자를 낳는다. 반면 성과사회는 우울증 환자와 낙오자를 만들어

3) 조선일보, 2024. 1. 30, "정신과 폐쇄병동, 1020으로 가득 차"
4) 조선일보, 2021. 11. 22. "삶의 최고 가치는? 17국 중 한국만 '물질적 행복이죠'"
5) 한병철, 김태환 옮김, 『피로사회』, 문학과 지성사, 2012, p. 23.

낸다. 알랭 에랭베르는 '오직 자기 자신이 되어야 한다'는 사회적 명령이 우울증을 낳는다고 지적하였다. 우울증을 초래하는 요인 가운데는 사회의 원자화와 파편화로 인한 인간적 유대의 결핍이 있다. 성과사회에서 성과를 향한 압박이 탈진 우울증을 초래한다. 실제로 인간을 병들게 하는 것은 후기근대적 노동사회의 새로운 계율이 된 성과주의의 명령이다. 성과 주체는 타자의 강요 없이 자발적으로 자기 자신을 착취한다.

이처럼 성취를 강조하는 사회의 피로는 사람들을 개별화하고 고립시키고 인간 영혼을 파괴한다. 피로는 폭력이다. 그것은 모든 공동체, 모든 공동의 삶, 모든 친밀함을, 심지어 언어 자체마저 타락하게 만들기 때문이다.

유동하는 근대 세계

폴란드 출신 사회학자 지그문트 바우만은 기존 근대 사회의 작동원리였던 구조 · 제도 · 풍속 · 도덕이 해체되면서 현대 사회를 바라보는 독창적인 개념으로 '유동하는 근대 세계(Liquid Modern World)'라는 용어를 사용하였다. 바우만에게 '유동성'은 후기 근대의 불확실한 삶을 지칭한다. 가족들이 둘러앉아 함께 하던 따뜻한 난로와 식탁은 각방 마다 설치된 텔레비전으로 대체됐다. 현대 사회의 테크놀로지 발전은 개개인을 고립시켜 왔는데 그 대표적인 것이 TV와 휴대폰이다. 사람은 누구나 다 제각각의 세계 속에 살고 있다. 인터넷이 도입

되면서 공허감은 잊히거나 은폐될 수 있다. 서로 얼굴을 맞대는 직접적인 만남을 대체할 수 있는 새로운 만남들이 생겨난다. 매시간 언제든지 버튼 하나만 누르면 친구를 불러낼 수 있다. 가상적인 '접속' 상황으로 사람들로부터 받는 메시지들을 대충 훑어보는 척하면서 군중들 밖으로 벗어날 수도 있다. 외로움으로부터 멀리 도망쳐 나가는 바로 그 길 위에서 고독(solitude)을 누릴 수 있는 기회를 놓쳐버린다.[6] 고독은 바로 사람들로 하여금 '생각을 집중하게 해서 반성하게 하며 창조할 수 있게 하고 인간끼리의 의사소통에 의미와 기반을 마련할 수 있는 조건'이기도 한 데 말이다.

감정 지능(Emotional Intelligence)

최근 감정 지능의 중요성이 대두되었다. 감정 지능은 "자신과 타인의 감정을 모니터하고 그 감정들을 식별하고 그 정보를 자신의 생각과 행위를 인도하는데 이용하는 능력을 포함하는 사회적 지능의 한 종류"[7]이다.

Time지는 Cover Story(Oct. 9, 1995)[8]로 "What's Your EQ?"를 다루었다. 덜 회복력 있는 영혼을 가라앉게 할만한 곤경에 처해서도 왜 어떤 사람들은 활기찰 수 있는가? 마음이나 영혼의 어떤 특질들이

---

6) 지그문트 바우만, 조은평, 강지은 옮김, 『고독을 잃어버린 시간』, 동녘, 2012, p. 31.
7) 에바 일루즈, 박형신 · 정수남 옮김, 『근대 영혼 구원하기: 치료요법, 감정, 그리고 자기계발문화』, 한울 아카데미, 2023, p. 279.
8) Nancy Gibbs, "The EQ Factor", *Time*, Oct. 9, 1995.

성공 여부를 결정하는가? IQ가 아니라 감정 지능이 인생 성공의 가장 좋은 예측인자가 될 수 있다. 『감정 지능(1995)』의 저자 대니얼 골먼에 의하면 자기 인식(self-awareness)이 아마도 가장 중요한 능력인데 왜냐하면 자기-통제를 행사할 수 있게 하기 때문이다. 사업 세계의 인사 담당자들은 IQ가 입사를 결정하나 EQ가 승진할 수 있게 한다고 이야기한다. 가장 눈에 띄는 감정 기술은 감정이입(empathy), 상냥함, 사회적 상황을 읽을 수 있는 능력과 같은 "people skills"이다. '감정 자본주의'라는 용어를 처음 제기한 사회학자 에바 일루즈에 의하면 자아는 근대성의 모순을 관리하는 최고의 현장이 되어 왔고, 심리학은 근대 자아의 모순을 억제하고 관리해 왔다.[9] 현대의 치료요법적 세계관에서 고통은 정신 전문가들에 의해 관리되어야 하는 문제가 되었다.

9) 에바 일루즈, 박형신 · 정수남 옮김, 『근대 영혼 구원하기: 치료요법, 감정, 그리고 자기계발문화』, 한울 아카데미, 2023, p. 332.

추상 352, 162×130㎝, oil on canvas, 2006

인간이란, 동물과 초인 사이에 매어진 하나의 줄이다.
심연 위에 처진 줄이다. 그 줄을 타고 가는 것도 위험하고,
가운데에 멈춰 있는 것도 위험하며, 뒤돌아보는 것도 위험하고,
두려워서 엉거주춤한 채 머물러 있는 것도 위험하다.
— 니체, 『차라투스트라는 이렇게 말했다』

II 인간의 조건들

「비포 더 레인(Before The Rain)」 - 폭력적 사회 내 사랑

원제 : Pred Dozhdot (1994)

감독, 각본 : 밀초 만체브스키

수상 : 1994년 제 51회 베니스 영화제 황금사자상

줄거리

영화는 세 에피소드로 구성된다. 첫 번째 이야기는 묵언 수행 중인 마케도니아의 수도사 키릴에 대한 에피소드다. 그는 알바니아 이슬람 처녀 자미라를 숨겨준다. 그러나 곧 발각되고 둘은 수도원에서 쫓겨난다. 그들은 쫓기다가 결국 자미라는 오빠의 총탄에 숨지고 키릴은 망연자실 앉아 있다.

두 번째 에피소드는 런던의 사진 잡지 편집자 앤과 그의 남편의 이야기다. 앤은 알렉산더라는 사진작가와 연인 사이이다. 앤은 남편과 레스토랑에서 만나 헤어지자고 얘기하는 순간, 돌연 발칸 테러리스트의 테러로 남편은 총에 맞아 사망한다.

마지막은 종군 사진작가 알렉산더의 이야기다. 은퇴 후 고향 마케도니아로 돌아온 그는 기독교계와 이슬람계 간의 치열한 종교 간 반

목을 목격한다. 이슬람인 옛 연인 한나가 찾아와 살인자로 몰린 딸 자미라를 구해달라고 간청한다. 알렉산더는 자미라를 구하고 사촌의 총탄에 목숨을 잃는다.

인종 간, 종교 간의 갈등과 폭력이 인간에게 미치는 엄청난 정신적 상처를 아름다운 영상과 특이한 구성으로 그려낸 수작이다.

전개

만체브스키 감독에 의하면, 이 영화는 금방이라도 하늘에서 폭우를 퍼부을 것처럼 날은 잔뜩 우중충하게 흐려 있고, 사람들이 모든 것을 씻어 내릴 비극을 기다리며 침묵할 때의 그 묵직한 기대의 느낌을 그리고 싶었다고 한다. 비는 비극의 은유이다.

첫 번째 이야기 '말(Words)'의 무대는 1990년대 마케도니아이다.

젊은 수도사 키릴이 토마토를 따며 장엄한 산악 풍경과 푸른 하늘을 쳐다본다. 그는 침묵 서약을 한 지 2년이 되었다. 늙은 수도승은 주변의 풍광을 바라보며 "이 천상의 아름다움은 말할 가치가 있지." 라고 감탄한다. 늙은 수도승은 저쪽에서는 이미 비가 오고 있다며 '시간은 멈추지 않는다. 원은 둥글지 않아.'라는 말을 중얼거린다.

길에는 아이들이 전쟁놀이하고 있다. 성당에서는 미사가 진행되고 바깥의 아이들이 거북이 등에 불을 붙이고 떠나자, 탄약이 폭발한다.

해묵은 종교적, 인종적 갈등으로 신음하는 지역에서 아이들마저 전쟁 놀이를 한다. 수도사 키릴은 숙소로 돌아온다. 그는 자신의 방에 숨어 있는 소녀 자미라를 발견한다. 소녀는 키릴에게 말을 걸지만, 그는 알바니아어를 모르기에 사연을 알 수 없다. 키릴은 다른 신부에게 알리려고 갔다가 마음을 바꾸어 다시 방으로 돌아온다. 그가 소녀에게 토마토를 주자 소녀는 허겁지겁 먹는다.

결국 숨어 있던 소녀는 신부들에게 발각되고 키릴과 소녀는 수도원에서 쫓겨난다. 그들이 가는 길에 둥근 달이 떠있다. 검은 새가 날아가고 자미라는 뒤쫓던 친척에게 잡힌다. 친척들은 그녀에게 양치기를 죽였느냐고 죄를 묻는다. 영화는 그녀가 실제로 살인을 했는지 아니면 단지 운 나쁘게 누명 쓴 것인지를 확실하게 보여주지 않는다. 자미라가 키릴을 가리키며 '그는 절 사랑해요.'라고 할아버지에게 말한다. 자미라의 할아버지는 일행에게 수도사는 가게 해주라고 말한다. 키릴이 가방을 들고 떠난다. 자미라가 그를 따라가려고 하자 자미라 오빠가 달려가는 그녀에게 총을 쏜다. 키릴은 죽어가는 자미라에게 미안하다고 말한다. 소녀는 죽어가면서 아무 말 하지 말라는 듯 입에 손가락을 대며 죽는다. 어쩌면 사랑에 빠진 키릴에게 소녀는 그렇게 무언으로 용서와 사랑을 전한다.

두 번째 이야기인 '얼굴(Faces)'의 무대는 런던이다. 사진 잡지 편집자 앤은 샤워하다가 울음을 터뜨리고 사무실에서 참혹한 현장 사진들을 보다가 사진에 커피를 엎지른다. 앤은 키릴이 알렉산더를 찾는 전화를 받는다. 앤의 책상 위 사진 중에는 자미라의 주검 옆에 망연자실 앉아 있는 키릴의 사진이 보인다. 앤은 연인인 사진작가 알렉산더를 만난다. 알렉산더는 은퇴하고 고향인 마케도니아에 갈 계획이라며 함께 가자고 말한다. 앤은 남편과 알렉산더에 대한 사랑 사이에서 고민한다.

앤은 남편 닉과 레스토랑에서 만난다. 닉은 앤이 자신의 아이를 임신했다는 소식을 듣고 샴페인을 들자고 하나 앤은 이혼하고 싶다고 말한다. 닉이 "아기는 어떡하고, 왜 날 보자고 한거요." 하며 실망하며 나가려는데 앤이 붙들고, 그 순간 그 식당에서 발생한 테러로 남편은 사망하고 만다. 웨이터에게 트집을 잡던 발칸의 민족주의자가 다시 돌아와 총을 난사해 식당 안은 아수라장이 되었고, 남편의 얼굴은 총을 맞아 엉망으로 뭉그러져 있다. 앤이 "당신 얼굴이, 얼굴이…" 하며 울부짖는다. '얼굴은 그것이 연기를 하고 있지 않는 한에서, 인간에게 특별히 주어진 각인, 즉 가장 잃기 쉬운 영혼의 흔적이다.'[1)]

세 번째 이야기인 '사진(Photos)'의 무대는 다시 마케도니아이다. 종군 사진작가인 알렉산더는 고향 마케도니아로 간다. 16년 만에 귀향해 보니 예전에 살던 집은 황폐하게 퇴락해 있다. 그간 고향 마을은 마케도니아인과 알바니아인이 서로 반목하고 있다. 정원에서 친척들이 둘러앉아 환영 식사 모임을 갖는다. 알렉산더는 옛 연인이었던 알

1) 앙드레 바쟁, 박상규 옮김, 『영화란 무엇인가?』, 사문난적, 2013, p. 175.

바니아인 한나가 살던 집에 찾아간다.

알렉산더는 양치는 사촌 집을 방문해 양이 새끼 낳는 장면을 구경한다. 수의사에게 자신이 보스니아에 있을 때 친한 군인에게 재미있는 일이 없다고 불평했더니 포로 중 한 명을 데려와 총을 쏘았다고 했다. 알렉산더는 그 순간 사진을 찍었지만, 그 사진을 남에게 보이지 않았다고 말해 주었다. 양치기 스토얀이 농기구에 찔려 사망하였다. 친척이 5세기에 걸쳐 흘린 우리 피를 복수해야 한다며 알렉산더에게 총을 준다. 한나의 딸이 살인 누명을 쓰자 한나는 밤에 알렉산더에게 와서 자미라가 그들 사이의 사랑의 결과임을 알리고 딸을 구해 달라고 간청한다. 천둥이 친다. 그는 담배를 한 대 피우고 문제의 그 사진을 찢는다. 알렉산더는 양치기 집에 가서 거기 감금당한 자미라를 데리고 떠난다. 알렉산더는 의미 없는 폭력과 증오를 끝내려 하지만 결국 사촌의 총탄에 목숨을 잃는다.

자미라는 도망친다. 비가 세차게 온다. 알렉산더의 시신 옆에 사람들이 서 있다. "비가 오겠다. 파리가 덤비는 걸 보니." "원은 둥글지가 않으니까."라는 첫 장면이 다시 나온다. 알렉산더의 시신에 비가 내리고 붉게 물든 석양 하늘이 보인다.

세 에피소드는 함께 어우러져 비유적인 원을 형성한다. 그렇지만 그 원은 완전하지 않고 뫼비우스의 띠와 같이 끝없이 순환되어 제 자리에 온다. "시간은 절대 죽지 않지. 원은 항상 둥근 것이 아니야." 시간과 원은 영화의 구조와 내용 둘 다를 뒷받침하는 은유적인 틀을 제공한다.

감독은 순환, 반복되는 장면을 통해 발칸 반도의 비극적인 역사를 재구성하였다. 이 영화는 '포스트모더니즘' 계열에 속하는 다시 말해 시간과 공간의 해체 토대 위에서 만들어졌다. 감독은 플래쉬 포워드[2)]사용으로 시간의 해체를 통해 비극적 상황의 영원성을 드러냈으며 사건들이 서로 맞물리고 연결되는 삶의 측면을 강조했다.

감상

인간의 갈등과 전쟁의 역사는 끊임없이 되풀이 되어왔다. 이 영화에서 충격적인 장면은 성당 안에 총을 든 남자들이 멋대로 난입하는 것이고 수도원장은 성소에 숨어 들어온 알바니아인 자미라를 보호하기를 거부하고 보호해 준 수도사 키릴과 함께 쫓아낸다는 것이다. 인종적 종교적 갈등이 첨예한 곳에서 교회가 이처럼 특정 집단의 폭력 행위에 눈감을 수 있는가?

'말'과 '사진'에서의 자미라와 알렉산더의 비극적인 죽음은 자신의 친척들에 의해 일어난다는 점은 어떻게 설명될 수 있을까? 자미라는

---

2) 서정남, 『영화 서사학』, 생각의 나무, 2009, p. 160. 플래시 포워드(시청각적 앞지르기)는 연대기내 제자리보다 앞서 보여지고 나중에 확인되는 영상 즉 완전히 동일한 영상을 두 번 보여주는 방식 pp. 156-157.

가문의 수치라는 이유로 자신의 오빠에 의해 죽음을 맞이한다. 그러나 양치기가 여교사에게 추근거리는 모습을 아내가 지켜보고 있었다는 사실로 그 아내에 의해 살해되었을 가능성도 있다. 알렉산더는 카메라 뒤의 방관자 역할을 끝내고 복수의 악순환을 끝내려고 하다가 사촌 형제의 총에 맞아 희생된다.

'말'에서 아이들이 탄약을 거북이 등에 매달고 불을 지르는 전쟁놀이를 하는 모습은 어린이들의 순수함이 사라졌고 폭력의 문화가 만연함을 느끼게 한다. '사진'에서 5세기 동안 흘린 피를 갚아야 한다면서 남자들에게 총을 지급하는 모습은 현재 세계의 도처에서 진행되는 전쟁의 참혹한 현실을 새삼 깨닫게 한다.

3개의 에피소드들은 그 제목 자체가 그 안의 내용에 의해 부인당하는 아이러니를 지닌다.[3] '말'은 상호 의사소통의 포기를 통해 영적인 순수성을 추구하고자 침묵 서약을 한 키릴에게 일어난 일이다. 키릴은 수도원에서 추방당해 함께 도망치면서 자미라에게 "모든 일이 다 잘될거야."라고 말하지만 그것은 그녀가 이해하지 못한 언어였다. 키릴은 마지막 순간에 자미라를 위해 생명이 희생되는 것을 원치 않았다. 미안하다는 키릴에게 자미라가 말이 필요 없다는 듯이 입술에 손가락을 대고 죽어가는 모습은 많은 생각을 하게 만든다. 자미라는 언어의 한계를 초월하여 키릴의 사랑을 직관으로 볼 수 있었다. 실제 삶

---

3) Joao Vicente Ganzarolli de Oliveira, "Before the Rain-An Aesthetics of Paradox", IMDB

에서 말은 수많은 거짓을 담고 있을 수 있으므로 말이 없는 직관적 인식이 중요하지 않을까.

'얼굴'에서는 인간의 모습이 얼마나 일그러질 수 있는지를 보여준다. 마돈나 사진의 얼굴은 우연히 쏟은 커피 자국으로 손상된다. 안전한 런던에서 아무 이유 없이 살해당한 닉의 얼굴은 총탄으로 처참하게 변화된다. 얼굴은 우리의 감정을 드러내는 그릇이다. 얼굴은 또한 한 사람의 자존감의 상징이다. 자신의 아이를 임신했다고 하면서도 헤어지기를 요구하는 아내에 의해 닉의 자존감은 곤두박질쳤을 것이다.

'사진'에서 퓰리처상을 탄 종군 사진작가인 알렉산더는 보스니아에서 사진 한 장 때문에 사람을 죽게 했다는 죄책감으로 평생의 직업을 떠나 고향에 내려간다. 아프리카에서 기아로 죽어가는 여아와 그 옆에서 죽기를 기다리는 독수리의 사진을 찍었던 기자는 후에 아이를 구하지 못했다는 죄책감 때문에 자살하였다. 알렉산더가 테이블 다리 받침으로 자신의 이름이 명예롭게 적힌 책을 사용한다는 점이 퓰리처상에 대한 그의 환멸을 보여준다. 그는 한나의 딸이면서 자신의 딸이기도 한 자미라를 위해 희생하기로 결심하면서 문제의 그 사진을 찢어 버린다. 사랑이 무엇보다 소중하다는 사실을 그는 깨닫는다. 알렉산더의 죽어가면서 한 말 "비가 올 것 같군."은 긍정적이고 희망적이다. 그는 모든 갈등과 적대감들을 씻어 내려갈 비의 카타르시스 효과를 갈구했을 것이다.

「위선의 태양(Burnt by the Sun)」 - 권력의 태양 아래

원제 : Utomlyonnye solntsem (1994)

감독 : 니키타 미할코프

수상 : 1994년 칸느 영화제 심사위원대상

줄거리

1936년 여름 세르게이 코토프 대령(니키타 미할코프)은 시골 별장에서 젊은 아내 마루샤(잉게보르가 다프쿠나이트)와 딸 나디아(나데다 미할코바)와 사우나를 즐기고 있었다. 10년 동안 소식이 없었던 마루샤의 옛 연인 드미트리(올렉 멘시코브)가 갑자기 방문한다. 비밀경찰인 드미트리는 자신의 방문 목적을 숨긴 채 피아노를 치고 모두 캉캉 춤을 추며 즐겁게 시간을 보낸다. 가족들은 아무것도 모른 채 코토프를 배웅한다. 차 안에서 코토프는 마구 폭행당한다. 코토프는 간첩 혐의로 처형되었고 마루샤는 수용소에서 사망했고 나디아는 음악 교사가 되었다는 후일담이 발표된다. 피에 물든 욕조에서 삶을 마감한 드미트리의 모습을 비추며 영화는 끝난다. 감독은 사람들이 서로 사랑하고 삶의 순간을 음미하며 사는 것의 아름다움이 권력에 의해 순식간에 파괴되는 비극성을 극명하게 드러냈다.

전개

영화의 첫 장면 모스크바. 차에서 흰 양복을 입은 남자가 아파트에 들어간다. 방에 들어가 권총에서 총알을 뺀다. 권총을 머리에 대고 방아쇠를 당긴다. 찰칵. 전화에다 "나야. 내가 할께."라고 말한다. 장면이 바뀌어 4명의 악사가 주제가를 연주하고 눈밭에서 남녀가 춤춘다. 이 노래는 폴란드에서 "자살 탱고"로 불리는 "The last Sunday"이다. "태양에 눈이 멀어서, 더 이상 나를 사랑하지 않는다는 말." 아이가 노래를 흥얼거린다.

1936년 어느 화창한 여름날 러시아 혁명 영웅 코토프 대령은 시골 별장에서 아내와 딸과 함께 사우나를 즐기고 있었다. 탱크가 밀밭에 진입하려 하니 해결해달라는 마을 주민들의 청을 받고 코토프 대령은 밀밭을 들어오려던 탱크 부대를 다른 데로 돌아가게 한다.

10년 동안 소식이 없었던 마루샤의 옛 연인 드미트리가 불쑥 방문한다. 그는 모자를 쓰고 하얀 수염을 달고 변장하고 나타나 나디아에게 마법사라고 말하며 피아노를 치고 우화를 들려주며 나디아의 마음을 사로잡는다. 다들 근처 강가로 수영 하러 간다. 아빠와 딸은 보트놀이를 한다. 드미트리는 마루샤의 팔에서 자살하려다 생긴 상처를 발견한다. 그 옛날 연인이 떠나 상심한 마루샤에게 코토프가 꽃과 선물 공세로 다가가 결혼했던 것이다. 드미트리가 피아노를 치고 모두 캉캉 춤을 추며 즐거워한다.

이삿짐을 실은 트럭이 "자고리앙카가 어디요?"라며 길을 찾는다. 사람들은 그런 데는 없다고 답한다. 드미트리는 나디아에게 우화를 들려준다. "옛날에 수르지아란 곳에 라팀이라는 소년이 살았어. 시롭이 그를 아들처럼 돌봐줬지. 시롭에겐 라소림이란 딸이 있었지. 그들은 큰 집에 살고 있었어. 어느 날 모든 게 끝나 버렸어. 라팀이 전선에 보내진 거야. 10년 동안이나 그는 방랑했단다. 어떤 사람이 라팀을 불러 이렇게 말했어. 지금 갑시다. 그는 이제 27살이었거든. 그는 정말 살고 싶었어." 그가 말하는 동안 들판에서는 작은 '불의 공'이 나타나서 날아다닌다. 그 이야기를 듣던 마루샤는 다락방으로 도망치듯 올라가고 코토프가 뒤따른다. 마루샤는 더 오면 뛰어 내릴거라고 외친다. 숲에서 '불의 공'이 화염에 휩싸인다. 비밀경찰인 드미트리가 방문의 진짜 목적을 코토프에게 말하자 코토프는 다른 사람에게 알리지 말아 달라고 부탁한다.

코토프는 아무것도 모르는 가족들에게 작별 인사를 하고 동네 주민들이 성가를 합창하는 가운데 차가 출발한다. 코토프는 스탈린 직통 전화번호를 안다며 뭔가 실수로 잡혀가는 것이라고 생각한다. 길 한가운데에 헤매어 다니던 트럭이 서 있다. 트럭 운전사가 "자고리앙카요?"라 묻는다. 그때 비행선이 올라간다. 드미트리는 담배에 불을 붙이려다 말고 비행선의 밑에 따라 올라오는 스탈린의 초상화를 향해 경례한다. 차 옆으로 와 드미트리는 길 잃은 트럭 운전사에게 총을 쏜다. 차 안에는 코토프가 비밀 경찰들에게 폭행당해 얼굴이 피투성이다.

드미트리의 집. 드미트리가 욕조에 누워 있다. 창밖에 '불의 공'이 나타난다. 욕조는 붉은 피로 물들어 있다. 코토프는 간첩 혐의로 총살형을 받았고 마루샤는 수용소에서 사망했으며 나디아는 카자흐스탄에서 음악 교사가 되었음을 알리는 보도가 나온다.

영화의 초반부는 르느와르를 연상시킬 정도로 화면이 아름답고 등장인물들은 햇살 아래에서 행복을 만끽하고 있다. 이 영화에는 서로 사랑하지만 함께 할 수 없는 사랑에의 '장애물'이라는 체호프와 세익스피어의 보편적인 주제도 있다. 인물들을 살펴보면 아무도 죄에서 순결하지 않고 철저한 죄인도 없다. 영화 막판에 가서야 코토프는 이 비극이 죄를 지은 사람의 비극이 아니라, 태양에 의해 눈이 멀어버린 사람의 비극임을 이해한다.

영화에서 자주 등장하는 길 잃은 트럭과 운전사는 마르크스가 꿈꾸었던 이상사회를 은유한다. 이 이상사회는 현실 세계 어디를 가도 발견할 수 없다. 영화에서 종종 "불의 공"이 등장하여 그것에 닿거나 움직이는 것들을 불태우는 장면이 있는데 이것은 예측할 수 없는 위기나 파국으로 이해된다.

이 영화는 러시아에서 만들어진 최초의 anti-Stalin 영화이다. 니키타 미할코프 감독은 이 영화를 "혁명의 태양에 의해 불태워진 모든 이들"에게 헌정하였다.

감상

우리가 흔히 개인적 문제로 지나치기 쉬운 문제들은 사회적, 경제적, 정치적 요인들을 검토할 때만이 비로소 설명될 수 있다. 그렇지만 우리에게 작용하는 거대한 사회적 영향력을 파악하기는 쉽지 않다. 왜냐하면 우리가 접하는 외양은 피상적이며 때로는 기만적이기 때문이다. 권력 핵심부에 의해 자행되는 각종 비리등 정치적 상황과 권력관계를 미디어에서는 다루지 않는다. 사회의 본성을 진실로 이해하기 위해서는 외양의 표면 아래를 파고 들어가려는 노력이 필요하다.

영화의 배경인 1936년은 1917년 러시아 혁명 이후 19년이 흐른 시점으로 스탈린의 숙청이 시작된 해이다. 수백만의 사람들이 공포정치에 의해 희생되었다. 절대 권력에 내재한 불공정이 얼마나 끈질긴지 또 얼마나 쉽게 이전의 충성심이 배반당할 수 있는지를 이 영화는 잘 보여준다. 죄 없는 이들조차 권력의 횡포를 피할 수 없다. 코토프는 자신의 이상에 따라 그 체제에 봉사한 반면에, 드미트리는 단지 생존하기 위해 봉사했다. 코토프는 드미트리에게 우리 모두는 선택권을 가지며 아무도 희생자 역할을 할 수 없다고 말한다. 하지만 진실은 그들이 체제에 봉사해서 그 공모자가 되는 일과 그것에 의해 착취당하는 일 둘 중의 하나의 선택만이 있을 뿐이다.[1)]

드미트리가 거대한 스탈린의 초상이 그려진 대형 열기구가 하늘로 떠오르는 앞에서 자신도 모르게 경례를 하는 장면에서 개인의 세뇌가 얼마나 무서운지 느낄 수 있다. 사회 체계가 사람들의 정서적 삶을 조종하고 있으며 개인의 내면적인 퍼스내리티에 영향을 미치고 있다. 그는 옛 연인을 빼앗아 가고 자신의 삶을 엉망으로 만든 코토프 대령에게 10년 만에 복수를 하였으나 결국 연인을 죽음에로 몰고 갔다는 죄책감과 절망감으로 스스로 삶을 끝낸다. 그의 전화기에서는 아마도 다음 할 일을 명령하는 전화벨만 울리고 있다. 권력의 잔혹함에 몸서리쳐진다.

---

1) Katia Saint-Peron, Review of 'Burnt by the Sun', Edinburgh Film Society.

「허수아비(Scarecrow)」- 사회 밑바닥 층의 삶

원제 : Scarecrow (1973)

감독 : 제리 샤츠버그

수상 : 1973년 칸느 영화제 황금종려상

줄거리

갓 출소한 맥스(진 해크먼)와 5년 간의 선원 생활을 끝낸 프랜시스 리오넬(알 파치노)은 캘리포니아의 시골 길에서 히치 하이킹을 하다 만난다. 맥스는 피츠버그에 가서 세차장을 운영하겠다는 꿈을 가지고 있으며, 프랜시스는 항해 중에 태어난 아이를 만나러 디트로이트로 가는 중이다. 싸우기 좋아하고 다혈질인 맥스는 연약한 성격의 프랜시스가 세상을 어떻게 헤쳐 나가는지를 알게 되면서 변화한다. 프랜시스는 허수아비가 새들을 겁주는 것이 아니라 오히려 새들을 웃게 만든다고 믿는다. 교화소에서 프랜시스는 구타당해 머리에 심각한 부상을 입는다. 디트로이트에서 프랜시스가 여자친구에게 전화했을 때 아이가 죽었다는 대답을 듣고 심리적으로 무너져 버린다. 맥스는 자신의 꿈을 위해 혼자 피츠버그로 떠나야 할지 아니면 의지할 곳 없는 병든 프랜시스를 지켜줘야 할지 갈등하게 된다. 자본주의 사회의 밑바닥에서 고군분투하는 두 남성의 연대를 실감나게 그렸다.

전개

세찬 모래바람이 몰아치는 황량한 캘리포니아의 시골길에서 처음 만난 두 남자가 서서히 소통을 시작하는 긴 오프닝 시퀀스는 아름답고 감동적이다. 영화의 첫 10분간 아무런 대화도 없이 많은 것을 이야기하고 있다. 사진작가 출신 감독 제리 샤츠버그와 촬영 감독 빌모스 지그몬드[1]는 미국 풍경의 장엄함과 삭막함을 시적으로 형상화해 내었다.

맥스는 교도소에서 모은 돈으로 피츠버그에서 세차장을 운영한다는 꿈을 가지고 있다. 프랜시스는 뱃사람이 되려고 5년 전에 여자친구를 떠났으며 디트로이트에 가서 항해 중에 태어난 아이를 만날 기대에 부풀어 있다. 그는 항해하면서 번 거의 모두를 아이를 부양하기 위해 보냈다. 그는 아들인지 딸인지도 모르는 아이를 위한 선물로 램프를 사서 항상 지니고 다닌다.

프랜시스는 맥스에게 싸우지 않고 살아가는 법을 가르친다. 프랜시스에 의하면 허수아비는 새들을 겁주어서 쫓는 것이 아니다. 오히려

1) 빌모스 지그몬드는 헝가리 태생으로 「미지와의 조우(1978)」로 아카데미 촬영상을 수상하였음. 「디어 헌터(1979)」의 촬영 감독이었고 세계적인 10대 촬영 감독에 선정됨.

새들이 '저 허수아비가 날 웃게 해줬으니, 이런 허수아비를 만든 농부 밭엔 들어가지 말아야겠다.'라고 생각한다는 것이다.

술집에서 싸움을 피하기 위해 맥스는 즉흥적으로 스트립쇼를 벌이는데, 길거리 떠돌이 생활을 하며 겹쳐 입고 있던 많은 옷들을 하나씩 벗어가는 이 장면은 우스꽝스러우면서도 비애감을 느끼게 한다. 그때 얼핏 프랜시스의 얼굴에서는 굴욕감과 수치심이 스쳐 간다. 사람들의 웃음거리로 전락한 스트립쇼에서 프랜시스는 자신의 인생철학이 와르르 눈앞에서 무너지는 것을 보았다. 사람들은 자신보다 열등한 것에 흥겨워하는 법이다.

프랜시스는 교화소에서 친구처럼 생각했던 사람이 강간하려고 해서 막으려다 머리를 사정없이 맞았다. 그 트라우마 이후에 그는 자신의 전략이 통하지 않음을 느낀다.

그가 고향 디트로이트에서 여자친구에게 전화를 걸자 이미 마음이 떠난 여자친구는 아들이 죽었다고 거짓말을 한다. 프랜시스의 모든 희망과 기대가 물거품이 되었고 그에게는 살아야 할 다른 이유가 남지 않았으며 처절하게 정서적으로 무너진다.

광장 분수대에 갔을 때, 그는 아이들에 둘러싸였고 한 소년을 마치 자신의 아이인양 안았다. 분수대의 천사 조각상과 물은 그에게 아이를 잃은 것을 상기시켰을 것이다. 그는 아이에게 세례를 주려는 자세를 취하지만 주위에서는 아이를 물에 빠뜨리는 것으로 생각하여 일대 혼란이 일어난다. 그는 결국 정신을 잃는다. 병원에서는 긴장병이라고 한다. 이때 맥스는 세차장을 차리려는 자신의 꿈을 위해 혼자 피츠버그로 떠나야 할지 아니면 아무도 의지할 사람이 없이 의식을 잃은 프랜시스를 지켜줘야 할지 갈등하게 된다.

버스 터미널 매표소 여자가 그에게 "왕복이요?"라고 묻자 맥스는 잠시 멈추더니 "네, 왕복이요."라고 말한다. 그는 프랜시스를 포기하지 않는다. 호주머니를 다 뒤져도 표 값이 부족하자, 매표원은 다음 차례를 진행하려고 그를 밀쳤다. 맥스는 신발 안에서 부족한 돈을 꺼내 내밀면서 승리에 찬 당당한 얼굴 표정을 보여준다.

진 핵크먼에게 이제까지 가장 좋아하는 역할이 어떤 것이었느냐고 물었을 때 그는 Film Comment에서 "허수아비다. 그 영화는 내가 연속성을 갖고 만든 유일한 영화였고, 나는 내게 주어진 기회들을 잘 포착하여 현실적인 캐릭터를 만들었다."라고 응답하였다. 두 배우들은 영화를 준비하는 과정에서 여행하는 떠돌이 노동자(hobo)처럼 입고 캘리포니아에서 히치 하이크를 하기도 했다고 알려진다.

감독인 제리 샤츠버그는 사진작가로 커리어를 시작했다, 그는 인물사진을 촬영할 때 외부 세계로부터 숨겨진 진정한 자아를 발견하도록 피사체인 인물들과 편안한 시간을 보냈다. 샤츠버그는 사진 모델들에게 진실이 드러나는 그 순간을 발견할 자유를 주었으므로 그의 사진들은 인물의 이야기를 담고 있다.

그는 영화 작품에서도 모든 인물이 그에 합당한 개성적 성격을 소유하게 되면 바로 그 캐릭터로서의 등장인물이 되어 이야기를 끌고 가도록 했다. 결국 모든 이야기란 인간에 대한 탐구인 것이며, 인간을 이야기하는 것이 아니고 무엇이겠는가?[2] 영화에는 어떤 캐릭터를 연기하는 하나의 '자연인'으로서의 배우라는 존재가 버티고 있다. 오슨 웰스는 다음과 같이 이야기한다. "배우가 한 인물의 역할을 연기할 때 그는 자신의 모든 것을 포기하고 시작한다. 하지만 그는 자신이 가지고 있지 않은 어떤 것도 덧붙일 수 없다. 어떤 배우라도 그 자신 이외의 다른 연기를 할 수는 없다."[3]

감상

인간의 삶의 조건은 그가 어느 부모에게서 태어났는가?, 어느 나라에서 태어났는가?, 어느 시대에 태어났는가에 의해 살아갈 궤적이 정해진다. 사회학적으로 우리가 일생 경험하는 많은 부분들은 개인이 통제할 수 없는 사회적 힘들에 의해 형성된다.

쪽방촌에서 살아가는 사람들의 삶과 강남 거리를 활보하는 젊은이들의 삶은 얼마나 다를까? 빈곤은 인간을 벼랑 끝으로 모는 삶의 조건들 가운데 하나이다. 가난은 단지 돈이 없는 상태가 아니라 자존감,

---

2) 서정남, 『영화 서사학』, 생각의 나무, 2009, p. 213.

3) 앞 책, p. 238. *오손 웰스가 1958년 프랑스를 방문하여 앙드레 바쟁과의 인터뷰에서 한 말.

안정감, 안전의 결핍까지 포함하는 총체적 개념이다. 돈이 궁극적으로 우리의 삶의 형태를 결정하지만, 물론 이외에도 여러 가지 요소들이 작용한다.

자본주의에서 소외된 소시민을 주인공으로 패배주의적 색채를 띤 대표적인 뉴 아메리칸 시네마들이 「미드나잇 카우보이(1969)」, 「이지 라이더(1969)」, 「허수아비(1973)」다.

뉴욕 뒷골목의 비참한 삶을 냉정하게 묘사한 「미드나잇 카우보이」와 주류에서 소외된 이들이 가족제도를 대치하는 새로운 형식의 1차 집단관계를 형성하는 「허수아비」를 비교해 보자. 소박한 꿈을 가진 사회 하층 남성 두 사람 간의 끈끈한 유대감과 의리를 담고 있다는 면에서 두 영화는 동일하다.

두 영화 모두 플롯은 중요치 않고 주요 캐릭터들의 성격 형성에 집중했다. 「미드나잇 카우보이」에서는 존 보이트가 시골에서 올라온 겉멋 든 청년으로 남색으로 그날그날 돈을 벌며 살아가고 건강이 나쁜 더스틴 호프만은 이를 이용해 살아간다. 결국 더스틴 호프만이 평생 꿈인 플로리다로 가는 버스 안에서 숨을 거둔다.

두 영화는 비극의 성격이 다르다. 비극을 발생시킨 상황이 주위 인물들의 사악함이라는 점이 다르다. 「허수아비」에서 프랜시스는 폭행과 여자친구의 악의적 거짓말로 심신이 망가져 버린다. 거칠고 경험 많은 맥스는 연대를 택할 것인가 자기 삶의 꿈을 향해 갈 것인가 선택의 갈등 기로에 서 있다. 영화에서는 맥스의 선택을 암시만 한다. 맥스의 연대에로의 선택은 막중한 희생을 요구한다.

「허수아비」의 인물 분석에서 맥스와 프랜시스의 캐릭터들은 각본에 의하면 모두 자신의 감정을 표현하는데 문제를 갖고 있다. 맥스는 영화 초반 자신은 아무도 사랑하지 않는다고 말한다. 그는 어떤 사람도 가까이 다가올 수 없게 하는 마음의 벽을 갖고 있었다. 그렇지만 그는 프랜시스의 영향을 받아 서서히 마음의 문을 열기 시작한다.

프랜시스는 영화 초반에 자신이 어딘가로 향한다고 느끼기 때문에 얼마나 행복한가에 대해 이야기한다. 프랜시스는 천진성을 지닌 인물로 문제에 맞부딪치기 보다는 유모어를 이용해 풀어보려고 한다. 그는 자신의 아이를 만나보기를 기대했고 여자친구의 마음을 되돌려 아들의 삶에 개입하고자 했다.

프랜시스는 사회 속에서의 맥스와 자신의 역할이 '허수아비'라는 걸 안다. 허수아비는 결코 새들을 겁주지 못한다. 오히려 새들에게 즐거움을 줄 뿐이다. 새들에게 허수아비는 조롱거리로밖에는 여겨지지 않는다. '허수아비 이야기'의 교훈은 사회가 그렇게 녹록하지 않다는 것이다. 사회는 평화롭게 살아가려는 사람들의 공존이 아니다. 분수대에서 프랜시스는 "I'm gonna fight them."이라고 말하지만, 자신에게 사악하게 응대한 이들에게 결코 맞서지 못하고 무너져 버린다.

디트로이트의 분수대에서의 장면에서 물은 세례식 그러니까 죄의 정화를 의미한다. 맥스가 분수대에서 기절한 프랜시스를 안고 있는 장면은 피에타를 연상시켜 오래도록 기억에 남는다.

|사회학적 시선|

인간의 조건들

인간이란, 동물과 초인 사이에 매어진 하나의 줄이다.
심연 위에 처진 줄이다. 그 줄을 타고 가는 것도 위험하고,
가운데에 멈춰 있는 것도 위험하며, 뒤돌아보는 것도 위험하고,
두려워서 엉거주춤한 채 머물러 있는 것도 위험하다.

— 니체, 『차라투스트라는 이렇게 말했다』

사회의 상들: 사회 속의 인간, 인간 속의 사회, 드라마로서의 사회

우리는 어떤 사회에서 살아가는가? 사회학자 피터 버어거는 세 가지 사회의 상을 제시한다. 첫째, 강력한 외적 강제력을 구사하는 '감옥'으로서의 사회의 상(image)이다. 이 사회상에서 개인은 반항하면 감옥에 가두어지거나 생명까지 박탈당할 수 있다. 두 번째는 '꼭두각시 극장'으로 개인은 인정받기 위해 기꺼이 조종하는 이의 뜻에 따라 움직인다. '모난 돌이 정 맞는다'는 속담에도 있듯이 개인은 튀지 않고 기대에 순응해야 한다. 세 번째 사회상은 '살아 있는 연기자들이 움직이는 무대'라는 인간의 자율성이 어느 만큼 발휘되는 사회이다. 우리는 살면서 여러 가지 역할들을 부여받으며, 자식의 역할, 학생의

역할, 부모의 역할, 직장인의 역할을 하면서 우리가 이를 얼마나 열성적으로 할 것인가의 강도를 스스로 정할 수 있다. 한 여성은 현모양처가 될 수도 있고 자아 성취를 위해 모성 역할을 소홀히 하거나 아예 거부할 수 있다. 이 사회의 '연극적 모형'에서 무대 위에 선 배우들은 자신의 역을 신이 나서 하든가, 아니면 마지 못해 하든가, 또는 내면적 확신을 갖고 하든가, 아니면 '거리'를 두고 하든가, 아니면 아예 출연을 거부하는 선택권을 지닌다.[1] 이처럼 우리는 현재 살아가고 있는 사회의 영향을 받으며 약간의 자율성을 갖고 각자의 삶을 꾸려 나간다.

앞서 살펴 본 세 편의 영화들은 모두 외적 강제력을 구사하는 첫 번째 사회의 상에 부합한다. 인간은 사회 안에서 살아갈 수 밖에 없는 존재이기에 어쩔 수 없는 노릇이다.

문학 작품을 통해 본 인간의 조건들[2]

인간이 처한 가장 중요한 특징은 죽을 수밖에 없다는 사실이다. 어느 시점에서 우리는 죽을 것이고 우리가 그것에 관해 할 수 있는 것은 없다. 또한 삶에는 우연이 개입한다는 우연성이 있다. 그리고 인간 존재를 묘사하는 특성들로 불만족을 들 수 있다. 이와 같은 세 가지 특

1) 피터 L. 버거, 한완상 역, 『사회학에의 초대』, 현대사상사, 1982, p. 187.

2) Jason Waltman, "Abandoning Rational Explanations: Responses to the Problems of the Human Condition", Internet. 책의 이 부분은 이 논문을 바탕으로 함.

성들은 중요한 질문을 제기한다. 그렇다면 삶의 의미는 무엇인가? 인간 존재를 어떻게 정의할 것인가? 이제까지와는 다르게 새로운 전망에 초점을 둔 20세기 작가들이 풀고자 애쓰는 것은 이 문제이다.

우리가 살펴볼 작가들은 마르셀 프루스트, 알베르 카뮈와 사뮈엘 베케트이다. 인간 존재를 어떻게 보고 있느냐가 인생의 의미를 어디에서 찾아야 하는지의 답이 될 수 있다.

되찾을 수 있는 에센스 / 마르셀 프루스트의 『잃어버린 시간을 찾아서』

프루스트는 자아를 과거 경험들을 묘사하는 숨겨진 기억들의 겹겹이 쌓인 층들로 구성된 에센스로 정의한다. 이 소설은 자아를 정의하려는 탐구와 관련된 마르셀의 각성으로부터 시작된다. 인간 의식의 흐름을 중시한 프루스트의 포인트는 우리는 실상 에센스이고, 그 에센스는 되찾을 수 있다는 것이다.

우리가 경험했던 모든 사건은 우리 안의 어딘가에 있다. 그들을 항상 의식하는 것은 중요하지 않다. 그럼에도 그들이 거기 있고 잠재 의식적으로 그들은 우리가 사물을 보는 방식과 현재 타인들의 생각들에 대해 취하는 의견들에 영향력을 지닌다. 문학적으로 말해, 우리가 누구였는가는 바로 현재 우리가 누구인가를 말해준다.

프루스트가 말했듯이 기억은 단순한 과거의 저장고가 아니다. 그것은 우리의 정체성을 형성하고, 우리의 경험을 이해하고, 변해가는 시대 흐름을 탐색하는데 근본적인 역할을 한다.

기억과 그것에 딸려 오는 모든 것은 일종의 '일방적'인 문 뒤에 축적된다. 새로운 사건들은 오래된 것들이 예전에 생각되었던 방식을 변화시킨다. 대부분 그 기억의 문은 잠겨있다. 그것은 단지 맞는 열쇠라면 잠시 동안만 열린다.

아무 것도 중요치 않다 / 알베르 카뮈의 『이방인』

프루스트는 한 개인이 일생 동안 겪는 모든 것이 그 개인의 부분이 되고 항상 함께 한다고 느꼈다. 프루스트와는 완전히 다른 의견으로 과거는 아무런 의미가 없고, 정말로 중요한 우리 삶의 유일한 순간은 바로 현재라는 태도가 있다. 삶이 끝나면, 존재도 또한 끝이 난다. 즉 신으로부터의 일종의 구원의 희망은 무의미하다. 카뮈는 이 정확한 견해를 이방인에서 보여 주었다. 카뮈는 사람은 세계에 단지 육체적으로 실존하므로 한 사람의 삶의 의미의 존재 여부는 그가 특정한 순간에 경험하는 사건을 통해서만 드러난다고 느꼈다.

뫼르쏘는 자신의 세계 내의 사물들에 관심을 두지 않는다. 그는 '관습적'인 사회적 신념들도 따르지 않는다. 그렇지만 뫼르쏘는 자신의 삶을 사랑한다. 그것은 전혀 뒤를 돌아보지도 않고 미래를 바라보지도 않으며 매일매일의 기반 위에서 그의 실존을 즐기는 것에서 비롯된 순수한 사랑이다. 그의 사랑은 사회나 어떤 종교가 옳다고 여기는 것을 하는데 있는게 아니라, 대부분이 상식으로 생각하는 것을 무시하고 그가 하려고 원한다고 느끼는 것에 달려 있다.

그들은 움직이지 않는다 / 사뮈엘 베케트의 『고도를 기다리며』

『고도를 기다리며』에서 베케트는 우리가 지구상에서 진짜로 하고 있는 것이 무엇인지 묻는다. 베케트에 따르면 인간의 실존은 어떤 하느님이 존재해서 구원의 가능성을 확신하기를 기다리는 존재라는 것이다. 그는 인생의 모든 다른 측면들은 중요치 않고 본질적으로 무로 환원될 수 있다고 느낀다. 연극에서는 어떤 중요한 일도 일어나지 않고 주인공들은 올지 안 올지 모르는 누군가를 기다리며 남아있다. 베케트의 고도는 결코 나타나지 않았다. 하지만 이것은 그가 존재하지 않는다는 것을 의미하지는 않는다. 응답이 없음은 기다리는 모든 이들에게 희망을 버릴 것을 강요하는 것처럼 보인다. 베케트는 인생은-다른 모든 인간의 과업이 무의미한 곳에서 구원이든, 파멸이든, 아니면 무이던 기다리는-기다림이라고 말한다.

부조리극의 창시자로 불리는 그는 인생을 견디어 내어야 할 시험으로 보았다. 그렇다면 고도는 무엇인가? 그것은 오지 않는 무언가이다. 어떤 사람에게 고도는 신이었고, 미래였고, 다른 사람에게 그것은 자유였고 또 다른 이에게 그것은 자아 실현이나 명예였다. 이 부조리한 세상에 살아남을 수 있게 하는 것은 바로 '고도를 기다리는 것'이다. 우리는 오늘도 내일도 고도를 기다리면서 산다. 다시 말해 우리는 한 조각의 희망을 부여잡고 살아간다.

베케트는 흥미로운 질문을 제기한다. 만약 우리가 지구상에서 하는 모든 것이 기다림이라면 우리가 하는 어떤 것이 중요할까? 인간으로

서, 우리는 죽을 수 밖에 없다는 조건을 깨닫고 있다. 그렇지만, 우리는 그것에 무지한 채 남아있으려 한다. 우리는 기분 전환을 찾는다. 우리는 의미를 지니는 것처럼 보이는 어떤 것을 추구하며, 그리하여 우리 삶의 절대적 부조리함은 가려진 채로 남아있게 된다. 우리는 언젠가 올지 또는 안 올지 모르는 해답을 찾고 있다.

추상 323, 162×130㎝, oil on canvas, 2004

「거울」의 원작은 안드레이 타르코프스키의
자전적인 단편 「하얗고 하얀 날」(1970)이다.
그는 시-공간을 넘어 유년 시절로의
불가능한 회귀를 시도하였다.

III 자아 정체성

「여행자(The Passenger)」 - 나의 인생에서 도망쳐 타인의 인생 살기

원제 : The Passenger Professione : reporter (1975)

감독 : 미켈란젤로 안토니오니

수상 : 1976 Bodil Best European Film

줄거리

TV 저널리스트인 데이비드 로크(잭 니콜슨)는 사하라 사막에서 반군의 인터뷰를 갔다가 실패하고 랜드로버는 모래언덕에 처박혀 사막을 힘겹게 걸어온다. 그는 호텔 옆 방의 로버트슨이 죽어 있는 것을 발견한다. 그는 자신이 죽은 것으로 위장하고 로버트슨의 정체성과 바꿔치기한다. 런던 공항에서 로크는 로버트슨의 사서함 서류가 총기 모델들임을 보고 그가 무기 밀매상이었음을 알게 된다. 뮌헨의 성당에서 그는 착수금을 받고 바르셀로나에서는 한 여성(마리아 슈나이더)을 만나 미행자를 따돌린다. 그 후 여러 곳을 전전하지만 로크의 아내의 부탁으로 추격에 나선 스페인 경찰, 아프리카 정부 측과 반군 측 모두에게 쫓기는 대상이 된다. 그는 세비야의 한 호텔에서 총에 맞아 죽음을 맞이한다. 자신의 인생에서 도망쳐 다른 이의 인생에 끼어들려고 시도한 남자가 자신에 맡겨진 삶의 궤도를 벗어났을 때 어떻게 될는지를 추적하였다.

전개

우리는 스스로 선택하지 않은 채 이 세상에 태어나고, 현실이라는 자동차 안에서 운전자가 아닌 승객(passenger)으로 이 세상을 잠시 스쳐 가는 존재일 뿐이다. 데이비드 로크는 아프리카 사하라 사막에서 반군과 인터뷰하기 위해 흑인 안내인을 따라 걸어가다가, 정부군을 보고 놀란 안내인이 도망쳐 버려 인터뷰 건은 틀어진다. 설상가상으로 그의 랜드로버는 사막 모래언덕에 처박혀 버려 뜨거운 사막을 힘겹게 걸어 온 그는 호텔에서 옆 방의 로버트슨이 침대 위에 엎드려 죽어 있는 것을 발견한다. 죽은 이의 베개 밑 여권에는 비행기 표가 끼어져 있으며 권총도 소지하고 있다. 로크는 그와 이야기를 나누던 며칠 전 일을 떠올린다. 사업차 왔다고 말하는 로버트슨은 자신은 런던 그다음엔 뮌헨으로 갈 세계 일주 여행자라고 했다.

자신의 직업과 결혼생활과 자신의 인생에 대해 싫증이 난 로크는 자신이 죽은 것으로 위장하여 로버트슨과 정체성을 바꿔치기한다. 시신을 자기 방 침대 위에 옮겨 놓은 후 호텔 데스크에 데이비드 로크가 죽었다고 신고한다.

영국 런던. 웬 여자가 벤치에 앉아 책을 읽고 있다. 로크는 자기 집으로 살며시 들어가 이층으로 올라가 작은 금고에서 무언가를 꺼낸다.

공항에서 로크는 로버트슨의 사서함에 있는 총기 모델들 서류를 보고 로버트슨이 반군에게 무기를 대는 무기 밀매상이었음을 알게 된다. 뮌헨에 도착해 로버트슨의 일정표에 따라 약속 장소인 성당에 가는데 성당에서 반군 측은 로크에게 고사포건은 아쉽다면서 착수금을 전달한다. 반군 측은 다음 만날 곳은 바르셀로나라면서 데이지에게 안부를 전해 달라고 말한다.

로크의 아내의 사무실. 로크의 아내는 BBC의 촬영 감독과 연인관계이다.

로크가 아프리카 독재자와 인터뷰하는 회상 장면이 나온다. 독재자는 거짓말로 자신의 입장을 포장한다.

바르셀로나. 로크가 관광 케이블카를 타고 내려간다. 그때 로크는 새의 날개처럼 양팔을 펼치며 자유로운 표정이다.

사람들이 한 남자를 체포해서 해변가에 묶어 놓고 세 명의 군인들이 그를 즉결 총살시키는 다큐멘터리의 장면이 나온다. 이 아프리카 국가의 폭압 정치를 엿 볼 수 있다.

바르셀로나에서 로크는 가우디 공원에서 우연히 한 여성(아마도 데이지로 추정되는)을 만난다. 로크는 BBC에 있는 친구가 자신의 아내의 부탁을 받아 로버트슨을 뒤쫓고 있다는 것을 알게 되고 우연히 만난

이 여성의 도움을 받아 추격자를 따돌리고 새로 산 차를 타고 함께 떠난다.

콘버터블 안에서 그녀는 무엇으로부터 도망치는 거냐고 묻는다. 로크는 아내, 집, 입양한 아이, 성공한 직장 등 모든 것으로부터 달아난다고 답한다. 그 여성은 앞으로 무엇을 할 것인지 묻는다. 로크는 지브랄타에서 웨이터가 될지 또는 카이로에서 소설가가 될지 모른다고 얘기하다가 실상 나는 총기 밀수업자라고 생각한다고 답한다. 그 여성은 건축 공부를 하는 학생이라고 말한다.

로크의 아내는 영사관에서 남편의 물건들을 건네받으며 남편의 여권에서 사진이 바뀐 것을 발견한다.

로크는 플라자 드 라 이글레시아에서 여자를 차에서 내려주었는데 그 여자는 포기하는 건 관심 없고 해내길 바란다면서 로크가 일정표대로 계속하기를 종용한다. 로크는 우연의 일치를 믿느냐고 물으며, 그녀를 런던에서 만난 적이 있는 것 같다고 말한다. 두 사람은 야자수가 있는 멋진 호텔에서 식사한다.

로크의 차가 질주하다가 고장이 난다. 스페인 경찰과 레이첼이 같이 출동한다. 진퇴양난인 로크에게 여자는 다시금 약속을 지킬 것을 이야기한다. 로크는 여자에게 버스를 타고 알메리아로 갔다가 거기서 탄제리아로 가서 기다리면 사흘 안에 만날 수 있다고 말한다. 여자는 버스를 타고 떠난다.

로크는 로버트슨의 약속 장소인 세비야의 글로리아 호텔에 투숙하는데, 로비 직원이 로버트슨 부인이 몇 시간 전에 도착했다고 말한다. 호텔 방 안에 가보니 그 여자가 있다. 로크는 넌 오지 말았어야 했다고 말하며 침대에 눕는다. 여자가 "일이 어떻게 되는지 재미있지 않아요?"라고 얘기하자 로크는 자신이 아는 한 장님의 이야기를 들려준다.

"장님이 한 40살쯤 되었을 때 수술로 시력을 찾았어. 그는 의기양양했어. 세상은 그가 생각했던 것보다 초라했어. 그는 모든 곳이 추악하단 걸 깨달았어. 그가 장님이었을 때 지팡이를 짚고 다녔지. 그는 두려움에 절어 집 밖을 나가지 않고 어둠 속에서 살았어. 자기 방을 안 떠났지. 3년 후에 그는 자살했어."

여자는 로크에게로 가 그를 껴안는다. 로크가 여자에게 가는 게 좋겠다고 말하자, 여자는 자기 방으로 가 흐느껴 운다. 로크는 담배를 물고 침대에 걸터앉아 있다가 침대에 눕는다. 조그만 흰 차가 도착하는 것이 보인다. 여자가 나간다. 운전 교습차가 지나간다. 빨간 옷의 소년이 광장에서 놀고 있다. 흰 차에서 흑인 두 명이 내린다. 천천히 걷던 여자는 한 남자와 잠시 이야기를 나눈다. 총소리가 한 방 들린다. 여자는 여전히 걷고 있다. 광장에 경찰차가 도착했다. 다른 경찰차에는 레이첼이 타고 있다. 로크는 침대에 엎어져 죽어 있다. 경찰이 레이첼에게 그를 알아보시겠냐고 묻자 레이첼은 전혀 모르는 사람이라고 거짓말을 한다. 경찰차는 떠나고 하늘은 붉은 석양빛으로 물든다. 기타 음악이 들리며 주위에 어둠이 깔린다.

"로크가 자신을 재창조하려는 시도-판타지 자아를 위해 현실의 자아를 버리기-는 그가 로버트슨의 사업 스케쥴과 할 업무, 일생의 져야 할 짐을 떠맡게 되면서 도피가 아니라 다른 이름으로 한 똑같이 지겨운 감옥살이로 판명된 바보의 게임이었다."[1)]

감상

자기 자신과 자신의 인생에 대해 완벽하게 만족하는 사람이 있을까? 때로 자기에 침잠해 들어가 자기와 마주친다는 것은 두려운 일이다. 자기와 직면한다는 것은 자신의 윤리적 실패의 기록을 깊이 마음속에 새긴다는 것을 의미한다. 자기의 가장 깊은 내부에까지 들어간 인간은 거기서 자기 자신의 궁극적인 정신적 실재와 마주 보고 있다는 것을 발견하게 될 것이다. 루크레티우스는 "이런 식으로 각자는 항상 자기로부터 도망친다."[2)] 말한다. 누구나 가장 부담스러운 동반자로서 자신을 뒤쫓고 압박한다. 따라서 장소의 결점이 아니라 우리의 악덕 때문에 고통받고 있음을 알아야 한다. 우리는 허약해서 모든 것을 인내하지 못하고, 노고, 쾌락, 우리 자신, 그 밖의 것을 오래 견

---

1) Nick Schager, External Review "The Passenger." *Slant Magazine*, 2007.
2) 루크레티우스, 강대진 역, 『사물의 본성에 관하여』, 아카넷, 2012, 제3권 1068행.
3) 루키우스 안나이우스 세네카, 김남우, 이선주, 임성진 옮김, 『세네카의 대화: 인생에 관하여』, 까치, 2016, p. 268.

디지 못한다.[3)]

왜 주인공 로크는 아프리카를 떠난 뒤 그냥 사라지지 않았을까? 그는 단순하게 사라져 버리는 것을 원치 않았다. 직업이 리포터인 그는 자신이 담당해야 할 타인의 역할이 무엇인지 모른 채 위험한 도박과 같은 모험을 하였다. 로버트슨의 스케쥴대로 하면서 실제의 로버트슨이 빠질 위험성도 겪게 되었다. 명백하게 그는 새로 떠맡은 정체성에 싫증 났을 것이다. 그렇지만 로버트슨의 연인 역할을 한 데이지로 추정되는 여자는 게임을 계속해야 한다는 암시를 계속 주고 있었다.

로크가 한 장님 이야기에서 장님이 눈을 떠 이 세상 현실의 추악함을 보고는 도저히 견딜 수 없어 자살한다는 이야기는 로크의 염세적인 태도를 암시한다. 그는 로크로 사는 것에 만족하지 않았다. 그는 변화를 원했고 변화가 일어났을 때 세상이 더 싫어졌다. 다시 되돌아갈 방법은 없었다. 인생에 대한 희망을 잃은 그는 악착같이 살려고 하지 않고 자신의 결말이 어찌 될지 알고도 태연하게 받아들였다. 타인의 정체감으로 바꾸어 갈아타는 일은 무척 위험하다. 끝까지 아내가 쫓는 것을 보면 자기로부터 도망치기는 불가능한 듯하다.

이 영화를 통해 우리가 직면한 선택들과 그 선택들 때문에 우리가 치러야 할 대가들을 생각해 보게 된다.

「여행자」는 미켈란젤로 안토니오니의 친숙한 주제인 실존적 소외와 정체성의 문제를 다루고 있다. 안토니오니는 스릴러의 관행을 따르기보다는 캐릭터들의 내적인 갈등과 권태를 탐구하는 데 관심을 두었다. 7분 가량의 마지막 시퀀스는 단 하나의 캇트도 없이 한 쇼트로 이루어졌는데 로크의 호텔 방으로부터 시작하여 천천히 광장으로 갔다가 다시 호텔의 창문으로 돌아온다. 안토니오니는 가장 극적인 사건을 사건이 일어나지 않은 듯이 만들고 사랑이나 정치적 신념 또는 죽음을 감상적으로 그리지 않음으로써 삶의 무기력한 잔인성을 포착하였다.

나 자신으로부터 도피하고자 하는 욕망과 이 시도는 얼마나 무의미한가!

「베로니카의 이중생활」 - 또 한 번 삶의 기회가 주어진다면

원제 : French: La double vie de Veronique (1991)

감독 : 크쥐스토프 키에슬롭스키

수상 : 1991년 칸느 영화제 FIPRESCI Prize

줄거리

같은 날 같은 시에 똑같이 생긴 여자아이 둘이 다른 나라 다른 부모 밑에서 태어난다. 프랑스에서 태어난 베로니크와 폴란드의 농가에서 태어난 베로니카는 외모뿐만 아니라 음성과 취미와 질병까지 똑같다. 폴란드의 베로니카는 콘서트를 하던 중 심장 발작이 일어나 무대에서 쓰러져 죽는다. 프랑스의 베로니크는 성악가의 길을 포기하고 초등학교 음악 교사가 된다. 인형극 연출가 알렉상드로는 베로니크에게 역 카페 소리가 녹음된 카세트를 보내고 베로니크는 그 역을 찾아가 만난다. 알렉상드르는 베로니크가 폴란드를 방문할 때 찍은 사진들 중 두 명의 베로니크가 스치는 장면을 지적한다. 자신의 삶에 지나치게 침투하려는 인형 조종사 연인에게 상처를 입고 베로니크는 고향에 있는 아버지에게로 돌아간다. 키에슬롭스키는 두 베로니크의 삶을 통해 조용한 삶과 소명을 따르는 삶 가운데 어떤 삶을 선택할 것인가의 문제를 우리에게 제시한다.

전개

1960년대, 프랑스의 부유한 가정에서 태어난 베로니크와 폴란드의 가난한 농가에서 태어난 베로니카는 단 한 번도 마주친 적 없지만 서로의 존재를 느끼고 있다. 어린 시절 베로니카는 별들을 바라보고 베로니크는 나뭇잎들이 떨어지는 걸 본다. 마치 베로니카는 하늘에 있는 별을 바라보며 운명을 느끼고, 베로니크는 나뭇잎이 떨어지는 땅을 보며 현실을 선택하듯이.

첫 장면에서 폴란드의 베로니카는 합창단에서 노래하는데 비가 오는데도 비를 맞으며 열정적으로 노래 부른다. 그녀의 얼굴은 환희로 인한 광채로 빛난다. 베로니카는 아빠에게 혼자가 아닌 것 같은 느낌이 든다면서 자신이 정말로 원하는 게 무엇인지 궁금해한다. 그녀는 크라코프의 이모 집을 방문한다.

베로니카는 기차를 타고 가면서 차창 밖의 풍경을 본다. 손에 유리공을 들고 있고 유리공에 비친 풍경은 일그러져 보인다. 베로니카는 리허설에 가서 오디션 제의를 받는다. 베로니카는 자유노조의 집회가 열리고 있는 크라코프 광장에서 우연히도 자신과 똑같이 생긴 베로니크를 보게 된다.

그 후 베로니카는 숨이 찬 호흡 곤란 증세를 느낀다. 심장 상태가 좋지 않아 생명의 위험을 감수하면서까지 노래를 계속할 것인지 아니면 노래를 중단하고 평범한 삶을 살 것인지 중에서 선택해야만 하는 것을 직감한다. 그녀는 오디션에 뽑힌다. 다음 날 아침 창밖으로 할머니가 무거운 짐을 들고 가는 것을 보고 속옷 차림인 베로니카는 "제가 도와 드릴까요." 하고 나가려 하자, 이모가 옷은 다 입은거냐면서 말린다. 그녀는 콘서트를 하던 중 갑작스런 심장 발작으로 무대에서 쓰러져 죽음을 맞이한다.

프랑스의 베로니크는 베로니카의 죽음 이후 이유 모를 슬픔을 느낀다. 그녀 또한 아름다운 목소리를 갖고 있으며 심장이 좋지 않다. 베로니크는 레슨 선생님을 찾아가 레슨을 그만 받겠다고 말한다. 음악가의 커리어를 포기한 그녀는 초등학교에서 음악을 가르친다. 어느 날 학교에서 인형극 연출가이며 동화 작가인 알렉상드로가 하는 인형극을 보게 된다. 인형극은 인형이 춤을 추다가 죽고 다시 그 인형은 나비로 변신하는 내용이다.

얼마 뒤 베로니크는 미지의 사람으로부터 끈만 담겨 있는 봉투를 받는다. 그녀는 휴지통에 버렸지만 문득 다시 생각이 나서 그 끈을 찾아서 깨끗히 씻는다. 그것은 베로니카가 항상 손에 꼬아 들던 끈이다. 너무도 극명한 상징이라서 그것이 인연을 뜻하는지는 쉽게 알아 채리라. 그녀는 친구에게 인형극을 한 남자에 대해 묻는다. 그녀가 아버지

집에 가니 거기에 소포가 와 있었다. 베로니크가 음악 수업 중 창밖을 보니 허리가 굽은 할머니가 지나간다. 그녀는 무심하게 바라만 본다. 폴란드의 베로니카가 죽기 전에 무거운 짐을 들고 가는 할머니를 도우려고 속옷 바람에 나가려는 태도와는 사뭇 대조적이다.

그 소포 속에는 역 카페에서 나는 소리가 녹음된 카세트가 있었다. 그녀는 파리의 생 라자르역의 카페를 찾아가서 그녀를 기다리고 있는 알렉상드르를 만난다. 알렉상드르는 48시간 전부터 기다렸다고 한다. 알렉상드르는 자신의 책에 한 여자가 낯선 남자의 부름을 받고 오는데 이게 심리적으로 가능한지 확인하고 싶었다고 한다. 그들이 사랑을 나누는 호텔에서 베로니크가 "왜 하필 나인가?"라고 묻자, 알렉상드르는 왜 당신을 선택했는지 알겠다고 대답한다.

그는 베로니크가 폴란드를 방문했을 때 찍은 사진들 중에서 크라코프의 광장에서 베로니카가 찍힌 사진을 가리킨다. 베로니크는 버스에서 지나가는 시위대 사진을 찍으면서 우연히 지나가는 베로니카의 사진을 찍었다. 베로니크는 비로소 폴란드에 또 하나의 자신이 있었다는 것을 사진으로 확인한다. 알렉상드르는 베로니크의 이야기를 "두 개의 삶"이란 제목으로 새롭게 구성해 보려고 한다. 알렉상드르에게 왜 인형을 두 개 만들었느냐는 질문에 망가졌을 때를 위해서라고 대답한다.

자신의 삶에 지나치게 침투하려는 인형극 조종사 연인에게 이용당하고 있다는 느낌을 받고 상처 입은 베로니크는 그를 떠나 고향에 있는 자신의 아버지에게로 돌아간다. 그녀는 오래된 나무 등걸을 어루만지며 평온과 안식을 느낀다.

「베로니카의 이중생활」은 한 영혼의 정체성과 연계에의 추구를 다루는 영화다. 마치 꿈이 그러하듯 심오하고 신비한 이미지로 인간의 운명과 선택을 보여주고 있는 듯하다.

키에슬롭스키 감독은 인터뷰에서 영화의 주제를 다음과 같이 정의했다. '미신의 영역, 운명-점, 예감, 직관, 꿈 이 모든 것들이 인간의 내적인 삶이며, 이 모든 것이 영화에 가장 힘든 부분이다.'[1] 그는 인간의 잠재의식의 신비로운 영역까지 탐구하고자 하였다.

감상

두 번은 없다. 지금도 그렇고
앞으로도 그럴 것이다. 그러므로 우리는
아무런 연습 없이 태어나서
아무런 훈련 없이 죽는다.

— 쉼보르스카, '두 번은 없다'[2](부분)

---

1) Jonathan Romney, "Through the Looking Glass", *Film essay*
2) 비스와바 쉼보르스카, 최성은 옮김, 『끝과 시작』, 문학과지성사, 2018, pp. 34-35.

「베로니카의 이중생활」에서 키에슬롭스키가 제기하는 흥미로운 주제는 윤리적 선택이라는 개념이다. 즉 조용하고 만족스런 삶(자신의 소명을 접을 때에만 가능한)을 선택할 것인가 아니면 소명(죽음으로 이끄는)에 따르는가이다. 폴란드의 베로니카는 노래를 부르는 쪽을 선택하고 자신의 선택에 대한 대가로 죽는다. 폴란드인 베로니카의 선택은 곧 감독 자신의 선택이기도 하다. 베로니카는 자신의 심장 상태를 알면서도 예술/소명(영화 연출)을 선택했고 갑작스런 심장마비로 죽었다.[3] 프랑스의 베로니크는 자신의 욕망을 포기한다. 다시 말해 소명 대신에 삶을 선택한다.

한쪽은 본질적인 것을 향해 거침없이 다가가는 모험을 하며, 노래를 완벽하게 불렀다. 비록 그 노래를 다 마치지 못했지만. 다른 한쪽은 인형 조종사가 들려주는 이야기를 통해 추측할 뿐이다. 이런 윤리적 선택에서 키에슬롭스키는 주어진 소명을 위해서 삶을 포기하는 것이나 소명을 거스르는 단순한 삶을 변호하는 것 그 어느 쪽도 옹호하지 않는다. 어떤 삶을 선택할른지는 개인에게 달려 있다.

영화는 중심적인 질문을 제기한다. 자유 의지와 같은 것이 있는가? 아니면 한 사람이 그와 같이 행위하고 생각하는 것은 어느 창조주에 달린 것인가 아니면 우연의 문제일까?

"인형(더 정확히는 꼭두각시)은 오직 하나의 무게 중심만을 갖고 있으

3) 슬라보예 지젝, 오영숙 외 옮김, 『진짜 눈물의 공포』, 울력, 2005, p. 245. 감독은 수술 중 사망하였음.

며 그것들의 움직임은 한 점에서 통제된다. 인형 조종사는 이 지점만을 통제하며, 단일한 직선으로 움직이면 꼭두각시의 팔다리는 어쩔 수 없이 조종자의 인도에 자연스레 따라간다.

대조적으로 인간은 자신의 깊숙한 곳에 있는 엇나가려는 성향과 끊임없이 투쟁해야만 하며 이는 자유에 대해 치러야 할 대가인 것이다. 인간은 꼭두각시와는 달리 자기 의지에 따라 '자유로운' 주장을 하며 그 결과 자의식적이 된 것이다."[4)]

베로니크는 운명의 숨어있는 손에 의해 조종당한 것이 아니라 자유 의지로 선택했다. 만약 우리에게 또 한 번 삶의 기회가 주어진다면, 과연 어떻게 살 것인가?

4) 앞 책, p. 270.

「거울(The Mirror)」 - 유년기 기억들과 자아 성찰

원제 : Zerkalo[1] (1975)

감독 : 안드레이 타르코프스키

수상 : 이탈리아 다비드 도나텔로 상, 루치노 비스콘티상

줄거리

「거울」은 어린 시절 기억, 현재의 삶의 모습, 역사적인 뉴스 필름, 꿈과 환상들이 뒤섞여 결합되어 있는 난해한 영화다.

첫 번째 에피소드는 남편을 기다리는 젊은 시절의 어머니(마르가리타 테레코바)가 우연히 지나가던 낯선 의사(아나톨리 솔로니친)와 마주치는 장면으로 시작된다. 그다음에 이웃 농장 헛간에 불이 나서 어머니와 아이들은 불구경을 한다. 그 후에 이어지는 것은 스탈린 시절 젊은 어머니의 인쇄소 에피소드다. 연이어 1970년대 모스크바 아파트에서 알렉세이의 아들 이그나트는 신비한 검은 옷을 입은 노부인과 하녀를 만난다. 소련 군대가 크리미아의 시바쉬 개펄을 건너는 다큐멘

1) 「거울」은 Sight & Sound director's poll에서 모든 시기를 통틀어 가장 위대한 9번째 영화로 평가되었다.

터리가 나온 후, 어머니가 부유한 의사 부인에게 귀걸이를 팔려고 애쓰는 장면이 나온다. 마지막 에피소드는 화자 알렉세이가 임종을 맞는 장면이다. 타르코프스키 감독의 자전적인 영화로 인간의 실존과, 희망과 절망, 성공과 연약함의 과정을 모두 보여주고 있다.

전개

타르코프스키는 "내게 항상 중요했던 것들은 내 존재의 뿌리라는 고향 집, 어린 시절, 조국 그리고 대지에 대한 내 의식의 연결 고리라는 주제였다. 나의 전 작품에서 내게 중요했던 것은 인간들을 단합시켜 하나로 만들어 주는 연결 고리를 창출해 내는 것이었다. 나는 내가 이 세상에 오로지 우연으로 존재하고 있지 않다는 사실을, 내 존재의 연속성을 반드시 감지할 수 있어야만 한다. 내게 아주 의미 깊었던 것은 도스토예프스키로부터 이어져 내려오는 러시아 문화 전통이다."[2)]

첫 에피소드에서 한 젊은 여인이 통나무 울타리 위에 기대앉아 담배를 피우며 남편이 돌아오길 기다리고 있다. 그때 길을 지나던 한 의사가 다가와 나란히 걸터앉아 담배를 피우려다 그만 통나무가 부러져 땅바닥에 넘어진다. 그는 여인에게 말한다. "아시겠죠? 내가 넘어질

---

2) 안드레이 타르코프스키, 김창우 옮김, 『봉인된 시간』, 분도출판사, 2007, p. 243.

때 여기서 이상한 것들을 발견했어요. 뿌리들, 관목들, 당신은 식물이 느끼고 알고 이해할 수조차 있다는 생각을 해본 적이 있나요? 나무들, 그들은 달아나지 않아요. 항상 바쁘게 달리고 법석대며 쓸데없는 말들을 지껄이면서 달리는 우리처럼요. 그래서 우리 안에 있는 자연을 우리가 믿지 않는 이유죠. 언제나 이 의심 많음, 서두름, 멈추어서 생각할 시간이 없지요."

인간과 자연을 대비시켜 인간의 어리석음을 말한다. 남자는 다시 자신의 갈 길을 가는데 그때 들판에서 강한 바람이 그의 쪽으로부터 마루샤 쪽으로 불어온다.[3] 실제로도 오지 않았던 남편[4]의 목소리로 '첫 만남'이란 자작시가 들리면서 여자는 집으로 들어간다.

다음 장면은 집에서 밖을 내다보는 장면이다. 여름비가 벤치 위에 내리고 있고 여인이 눈물 흘리는 모습이 비치며 그녀가 느낄 공허감이 느껴진다.

이 집은 타르코프스키가 실제로 살았던 집을 사진과 기억을 바탕으로 제작했으며 그의 어머니는 이 집을 보고 너무 흡사해서 놀랐다고 한다. 타르코프스키는 집 앞에 흰 꽃이 만발하게 피어있던 메밀밭도 씨를 뿌려 꽃을 피게 하여 재현했다. 마치 눈이 내린 듯이 메밀밭을 뒤덮은 하얀 색은 그의 어린 시절 기억 속에 새겨져 있었다. 영화 속

---

3) 밀밭의 작물들을 물결처럼 휩쓸고 지나가는 바람의 효과를 만들기 위해, 타르코프스키는 카메라 뒤로 두 대의 헬리콥터가 착륙하게 했고 바람이 시작하기를 원할 때 회전날개의 스위치를 켰다.

4) 타르코프스키가 3세 때 아버지 아르제니 타르코프스키가 집을 나감.

에 재현된 장소는 기억을 품고 있고, 이 공간을 통해 흔적도 없이 사라진 시간이 재창조된 것이다.

그 다음은 화재 장면으로 어머니는 개 짖는 소리와 외치는 소리를 듣고 밖으로 나가는데 이웃 농장 헛간에 불이 났다고 하자 아이들도 나간다. 카메라는 불구경하는 두 아이가 거울에 비친 상을 비추는데 이 상은 일순 초점이 맞지 않는다. 밖에서는 사람들이 비를 맞으며 불타오르는 현장을 구경하고 서 있다. 물과 불의 조합이다.

이어서 어린 알렉세이의 꿈 에피소드이다. 소년은 자다 깨어 소리에 귀를 기울이며 바람에 흔들리는 숲을 본다. 집, 숲, 바람의 조합은 타르코프스키가 자주 꾸었던 본인의 꿈이기도 하다.[5] 소년은 '아빠'라고 중얼거리며 일어나고 머리를 감는 어머니를 아버지가 도와주는 모습을 본다.

기이한 잡음과 함께 장소도 변환하여 고개를 숙인 어머니는 젖은 머리로 얼굴을 가린 채 혼자 서 있다. 벽에서는 물줄기가 흘러내리고 천정이 일부 뜯겨져 내리고 바닥은 물이 흥건하며 가스난로가 불타고 있는 물과 불의 조합의 환상 장면이 나온다. 집이 뜯겨져 내리는 장면은 아버지의 부재로 인해 가정이 심한 경제적, 정서적 타격을 입었음을 은유한다. 어머니는 머리를 쓸어 넘기며 카메라 앞을 지나간다. 어머니는 카메라를 거울처럼 똑바로 바라보고 카메라는 거울을 비추는

5) 나리만 스카코브, 이지은 옮김, 『타르코프스키의 영화 : 시간과 공간의 미로』, 도서출판 B612, 2012, p. 177.

데 거울에 비친 상은 노인이 된 어머니의 모습이다.

그 다음이 인쇄소 에피소드로 스탈린 시절 젊은 어머니가 중요한 단어를 잘못 교정보았을까 봐 폭우 속에 인쇄소로 황급히 뛰어간다. 다행히 실수는 없었으나 어머니는 다른 사람들이 염려해 준 것에 대해 고마움을 표시하지 않는다. 동료 엘리자베타가 어머니의 이 같은 자기중심적 성격을 비난한다. 샤워실에서 씻으려다 물 공급이 끊기자, 어머니는 울음을 터뜨린다. 이후 불붙은 메밀밭을 멀리서 찍은 광경이 잠시 나온다.

이어지는 장면은 1970년대 모스크바 아파트에서의 사건을 보여준다. 나탈리아와 이혼한 알렉세이는 그녀가 자기 어머니를 닮았다고 말한다. 남자의 모습은 등장하지 않고 목소리로만 존재할 뿐이다. 옆방에는 스페인 내전으로 피난 온 스페인 가족이 살고 있다. 스페인 내전 중 아이가 부모와 헤어지는 이별 모습을 담은 다큐멘터리 필름은 전쟁으로 인한 개인 삶의 참담함을 그린다. 다음에 소련의 거대한 기구의 비행 장면과 북극 횡단 비행에 성공한 소련 비행사의 환영 행사가 나온다.

장면이 바뀌어 집에서 알렉세이의 아들 이그나트가 화집을 보고 있다. 나탈리아는 서둘러 떠나려다 가방을 떨어뜨려 이그나트가 물건들을 주워 준다. 이그나트는 19세기에서 온 검은 옷을 입은 노부인과 하녀를 만나 노부인의 지시대로 푸시킨이 차아다예프에게 쓴 편지의 부분을 소리 내어 읽는다. 개인적 절망에도 불구하고 명예를 걸고 운명적 역사를 사랑하겠다는 내용이다. 그때 누가 현관 벨을 눌러 나갔다가 오니 그 사이 그 노부인은 사라졌다. 소년은 방문한 친할머니를 알아보지 못했고, 어리둥절해 있을 때 아버지 알렉세이가 전화한다.

알렉세이는 전화로 그가 어릴 때 군사훈련을 받던 이야기를 해 준다. 화면에는 소년 알렉세이가 좋아하던 빨강머리 여자의 모습과 추운 겨울 혹독한 군사훈련 모습이 나오고, 레닌그라드 포위 때 부모를 잃고 혼자 살아남은 아사피예프가 나온다.

이어 1943년 소련 군대가 크리미아의 시바쉬 개펄을 건너는 장면이 다큐멘터리로 나온다. 실제로 그 역사적 현장에서 살아 돌아온 사람은 없었다는 점에서 상당히 비극적인 현장 기록이다. 역사는 희생자들의 영웅적 행위를 토대로 발전됐음을 감독은 감동적으로 그린다. 이 장면에서 아르제니 타르코프스키의 「삶, 삶」이란 시가 들린다.

다음 에피소드로 브뤼헐의 그림을 연상시키는 눈 덮인 언덕에 사람들이 점점이 서 있는 예술적인 화면 구성이 나오는데 아사피예프가 조용히 눈물을 흘리며 휘파람을 불며 서 있다. 1945년 베를린 함락과 히로시마와 나가사키의 최초 원자폭탄 투하 장면을 보여준다. 다시 브뤼헐의 풍경 장면으로 돌아와 아사피예프의 머리 위에 새 한 마리가 날아와 앉고 그가 손으로 새를 잡는 아름다운 장면이 나온다. 중국의 문화혁명과 1969년 중 · 소간 국경 분쟁 다큐멘터리를 통해 분쟁은 종식되지 않았음을 보여준다.

그 다음 에피소드는 어머니가 부유한 의사 부인에게 귀걸이를 팔려

했던 장면으로 어린 날 궁핍했던 사정을 잘 보여준다. 어머니는 아들 알렉세이와 하루 종일 걸어 의사 집에 갔는데, 자기중심적인 의사 부인은 자신은 임신했다면서 어머니에게 수탉을 잡게 한다. 어머니는 어쩔 수 없이 평생 처음으로 닭을 죽인다. 이때 조명을 받아 섬뜩한 어머니의 얼굴이 비치고 그 뒤의 벽면에서 물이 흘러내리며 시-공간적 비약이 일어난다. 어머니는 카메라를 똑바로 바라보고 침대 옆에 있는 남편을 바라본다. 그때 어머니가 침대 위의 허공에 떠 있다. 속세의 힘든 삶을 벗어나려 함을 의미하는 듯 화면을 가로질러 비둘기가 날아간다. 의사 부인의 교만함을 참을 수 없던 어머니는 보석을 팔지 않기로 하고 알렉세이와 함께 그 집을 나온다. 어머니는 알렉세이와 함께 강둑을 따라 걸어오며 숲으로 둘러싸인 집의 이미지가 나온다.

마지막 에피소드가 임종을 앞둔 화자의 에피소드이다. 편도선염으로 병석에 누운 알렉세이가 노부인과 하녀에 둘러싸여 죽음을 맞이한다. 의사는 주인공이 죽어가는 것은 편도선염 때문이 아니고 갑자기 그의 어머니와 아내와 아이가 죽었다고 믿고 있어 그 죄책감 때문에 죽어간다고 말한다. 알렉세이가 말한다. "날 좀 편안히 내버려 둬요. 결국 난 행복하기를 원했을 뿐이에요." 알렉세이의 손에 쥐어져 있던 새가 하늘로 자유로이 날아간다. 새는 영혼을 뜻하며 이는 그의 죽음을 나타낸다.

뒤이어 젊은 시절의 어머니와 아버지가 향유하는 행복한 시간에 대한 환상이 그려진다. 죽음의 곁에 나란히 탄생을 둔 감독의 의도가 심오하다. 두 사람은 다정하게 집 근처 숲에 누워 아버지가 "뭐가 낫겠어, 아들 아니면 딸?"하고 묻는다. 멀리에서 할머니[6]가 알료샤와 마리나를 데리고 들판을 가로질러 집으로 들어가는 것이 보인다. 젊은 어머니는 아들과 딸과 미래의 나이 든 자기 모습을 보면서 눈물을 흘리는 한편 희망에 차서 미소 짓는다. 저녁 해가 산등성이를 막 넘어가고 있고 카메라는 아이들을 데리고 가는 늙은 어머니를 따라가다가 숲속 어두움 속으로 들어간다.

"자신의 추억과 기억을 상실한 인간은 껍질뿐인 삶을 살고 있는 셈이다."[7] 타르코프스키 감독은 이 영화에서 자신이 아닌, 자신의 기억에 대해 얘기하고 싶었고, 영화를 통해 자신과 밀접했던 이들과의 관계, 끊임없이 느껴지는 연민, 실현할 수 없는 의무감에 대해 다시 생각하게 되었다고 말하였다.

거울의 주인공은 자신의 이웃들에게 헌신적이고 맹목적인 사랑을 베풀 줄 모르는 연약한 이기주의자이다. 삶에 대한 자신의 죄를 인식하기 위하여, 생의 막바지에서 겪어 내지 않으면 안 되는 영혼의 충격들만이 유일하게 그가 내세울 수 있는 자기 정당화의 방편이다.[8]

6) 타르코프스키의 어머니가 직접 출연하였음.
7) 안드레이 타르코프스키, 김창우 옮김, 『봉인된 시간』, 분도출판사, 2007, p. 71.
8) 앞 책, p. 265.

「거울」의 원작은 안드레이 타르코프스키의 자전적인 단편「하얗고 하얀 날」(1970)이다. 그는 시-공간을 넘어 유년 시절로의 불가능한 회귀를 시도하였다.

감상

모든 예술가는 소위 자신의 예술적 샘으로
자신의 목을 축이는 것이다.
— 안드레이 타르코프스키[9]

이 영화는 이해하고 분석하기보다는 우리가 심포니를 듣듯이 그것을 온몸으로 느끼고 경험해야 한다. 이 영화는 러시아에서 어린 시절과 청소년기를 보낸 사람들 모두의 기억이며 러시아의 역사와 러시아인들의 회한에 관한 이야기이며 그 후회의 저변에 깔려 있는 진실에 대한 것이다.

타르코프스키는 '삶을 삶 그 자체로 형상화하여야만 하며, 삶을 작품 속에서 다루어 보려고 해서는 안된다.'는 고골의 편지를 인용하면서, 삶을 다루어 보려고 할 경우 작가는 자기의 생각을 강요하게 되는

9) 앞 책, p. 195.

데 예술은 인간의 영혼을, 오직 충격과 카타르시스를 통해서만 선으로 인도할 수 있다고 단언한다.[10)]

타르코프스키는 1985년 폴란드 기자들과 인터뷰하였다.[11)]

"나는 정신성(spirituality)을 인간은 왜 자신이 사는지를 알아야 하고 그의 인생의 의미에 대해 생각해 보아야 한다는 의미에서 이야기한다. 그것에 대해 생각하기 시작한 이는 어떤 의미에서 정신적 빛에 감싸이게 되고, 이 질문은 잊혀 지지 않을 것이며, 그는 길에 들어선 것이다. 그렇지만 만약 어떤 이가 이 질문을 자신에게 결코 물어본 적이 없다면, 그는 정신성을 결여한 것이고, 동물처럼 실용적으로 사는 것이다. 그리고 그는 아무것도 이해할 수 없을 것이다. (…) 그에게는 인간 영혼의 문제라든가 인간이 살아가면서 수행해야 할 도덕적 노력의 문제 같은 것은 절대 존재하지 않을 것이다."

우리를 황홀하게 도취시킬 만큼 아름다운 영화로 우리 자신의 유년기 기억들과 삶의 순간순간들 그리고 중요한 사람들과의 관계와 연결고리를 새삼 생각해 보게 된다.

---

10) 앞 책, pp. 60-61.

11) Jerzy Illg and Leonard Neuger, "Interview with Tarkovsky", tape-recorded in Mar. 1985 in Stockholm

|사회학적 시선|

자아정체성과 자기실현

당신을 연기하라. 다른 배역은 이미 다 찼다.

— 오스카 와일드

자아 개념

누구나 인생 여정을 걸어가는 과정에서 자신만의 독특한 내면 이야기를 지니게 되는데, 이것이 바로 그 사람의 정체성이다. 자아 개념은 한 개인의 사적인 특성들에 관한 지식의 총체이다.

그렇다면 '나'라는 개념은 어떻게 형성될까? 어린아이는 인형놀이를 하면서 엄마의 눈으로 자신을 보게 된다. 이처럼 다른 사람의 입장에 서서 자신을 객체로 보는 것이 역할 담당이며, 이를 통해 자아 개념을 갖게 된다. 면경 자아(looking-glass self)는 마치 거울을 보듯이 우리에 대한 다른 사람의 반응을 해석함으로써 형성하는 자아의 지각이다.

사람은 혼자서는 특정한 자아 정체를 유지할 수 없다. 자신에 대한 이미지를 가지기 위해서 또는 자아 정체를 지니기 위해서 사회의 인정이 필요하게 된다. 정체성이란 자신에 대한 느낌으로부터 그리고 사회적 거울에 반영된 이미지로부터, 한 사람의 과거, 현재와 미래로부터 도출되는 자기 자신에 관한 지속성의 느낌이다.

정체성과 자기실현

우리의 삶은 자기만의 고유한 개체성을 찾아가는 과정이라 할 수 있다. 우리는 왜 자기실현을 해야 하나? 그것이 인간의 핵심적인 과제이기 때문이다. 자기실현이란 아직 미지의 전인격을 실현하는 것을 말한다.

융은 인간 심성 속에서 자기실현의 보편적 원초적 충동을 기술하면서 정체성에 대해 이렇게 말했다. "개성이란 우리의 가장 깊은 곳에 있는, 궁극적인 비교할 수 없는 유일무이의 것이라고 이해되어야 한다. 그런 의미에서 개성화란 자기 자신이 되는 것이다."[1)]

또한 융은 "나는 병에서 또 다른 것을 얻었다. 나는 그것을 존재에 대한 긍정이라고 표현할 수 있을 것이다. 병을 앓은 뒤에 나는 비로소 자기의 숙명에 대하여 긍정하는 것이 얼마나 중요한가 알았다. 왜냐하면 이렇게 함으로써 이해할 수 없는 것이 일어날 때도 좌절하지 않는 하나의 자아가 거기에 있기 때문이다. 하나의 자아, 참을 수 있고 진리를 견디며, 세계와 숙명을 받아들일 수 있는 능력 있는 자아가 거기에 있는 것이다."[2)] 이는 현존재의 조건을 내가 보는 그대로, 내가

---

1) 아니엘라 야훼, 이부영 역, 『C. G. Jung의 회상, 꿈 그리고 사상』, 집문당, 1996, p. 466.
2) 앞 책, p. 340.

이해하는 그대로 받아들이는 것, 그리고 내 자신의 본질을 있는 그대로 받아들이는 것이다.

서사적 자아

인지과학자 볼프강 프린츠는 자신의 저서 『거울 속의 자신』에서 인간이 어떻게 사회적 거울과 내면의 거울을 통해 비로소 자기 자신을 인식하게 되는지를 설명했다. 인간은 아기 때부터 보호자의 표정을 모방한다. 즉 표정과 그와 관련된 감정을 그대로 흉내 내는 연습을 한다. 거울을 통해 어린아이는 자기 모습을 비춰주고 이를 통해 자신과 소통할 수 있는 영혼을 지닌 존재가 있다는 것을 처음으로 이해한다. 이처럼 아이는 타인에게 투영된 자기의 모습을 보고 처음으로 내가 존재한다는 것을 이해한다. 우리 자신에 대한 정보의 출처로서 타인이 매우 귀중한 이유는 우리가 누구인지 알고자 할 때 참고할 수 있는 유일한 출처이기 때문이다. 우리는 타인의 의식이라는 무대에서 연기하는 사람이다.[3)]

나는 누구인가? 이 질문에 흔히 우리는 성격적 특성이나 집단 소속감으로 대답한다. 폴 리쾨르에 의하면 서사적 자아라는 개념은 객관적인 이야기가 아니라 내 삶의 작가이자 독자인 자신에 대해 내가 직접 전하는 이야기다. 서사적 정체성은 내면 거울의 두 가지 측면을 결

---

3) 자미라 엘 우아실, 프리데만 카릭 지음, 김현정 옮김, 『세상은 이야기로 만들어졌다』, 원더박스, 2024, pp. 129-130.

속시킨다. 즉 오래도록 지속되는 불변의 특성과 지금의 자신이 되기까지의 끊임없는 자기실현이 그것이다.[4]

사람들이 너는 누구냐고 물을 때, 나는 내 존재의 모든 측면을 서사적으로 일관성 있게 만드려는 생각을 하게 된다. 우리가 기억하고 싶은 것을 택하기도 한다. '서사적 나'는 실제 내가 아니라 나의 허구적 버전이라는 것을 의미한다.

운명과 성격

인간관계를 맺을 때 중요한 퍼스낼리티는 역할과 성격 그리고 행동유형이 독특하게 조합되어서 만들어진 개인의 유일무이한 측면을 말한다. 살아간다는 것은 항상 우연성과 불확실성에 노출되어 있다. 사회학자 지그문트 바우만에 의하면 예술작품들이 예술가에 의해 창조되는 것처럼 인생의 '궁극적인 목적지'도 '자기 스스로가 찾아야만 하는 일'이다.

의지와 선택의 자유를 부여받은 존재인 인간의 삶이라면 예술작품이 아닐 수 없다. 자기 자신만의 자아 즉 개성이나 정체성을 구현해 나가는 인생에 대해 완전한 책임을 지는 것도 그 인생의 '아욱토르(auctor)'[5]인 본인 자신이다. 곧 배우(actor)와 작가(author)라는 의미

4) 앞 책, pp. 134-136.

5) 아욱토르(auctor)라는 라틴어는 '창시자'를 뜻하며 저자(author)라는 영어 표현의 어원이기도 하다.

와 역할까지도 하나로 합친 그런 사람을 뜻한다. 삶의 예술가들이 어떤 선택들을 하게 될 것인지를 결정하는 것은 바로 그들의 성격이다. 1517년 마틴 루터가 면죄부 판매에 항의하며 교회 출입문에 의견서를 부착하지 않을 수 없던 것도 바로 그의 성격이었다.[6] 그래서 인생이라는 무대를 살아가는 어떤 한 배우의 성격 곧 자기 자신에 대한 인식과 주장을 살펴보는 것이 중요하다.

그러니까 성격이 운명이라고 감히 말할 수 있다.

6) 지그문트 바우만, 조은평, 강지은 옮김, 『고독을 잃어버린 시간』, 동녘, 2012, pp. 374-380.

사람들이 너는 누구냐고 물을 때, 나는 내 존재의 모든 측면을 서사적으로 일관성 있게 만드려는 생각을 하게 된다. 우리가 기억하고 싶은 것을 택하기도 한다. '서사적 나'는 실제 내가 아니라 나의 허구적 버전이라는 것을 의미한다.

추상 026, 162×130㎝, oil on canvas, 2010

이 영화는 브레송이 훈련되지 않은 배우들을 쓰고 그들을 '모델'로 표현한
그의 독특한 영화 연출이 적용된 첫 번째 성공적인 영화이다.
뽈 발레리는 브레송에 대해 다음과 같이 평가하였다. '의식적인 과장을
불러 일으키는 모든 수단을 포기하는 자만이 오직 완전함에 이를 수 있다.'

Ⅳ 신념체계와 영성

「어느 시골 사제의 일기」 - 세속 사회와 맞선 순수한 영혼

원제 : Journal d'un cure de campagne[1] (1951)

감독 : 로베르 브레송

원작 : 조르주 베르나노스, 『어느 시골 신부의 일기』[2] (1936)

수상 : 1951년 베니스 영화제 국제상

줄거리

앙브리쿠르에 젊은 사제(클로드 레이두)가 새로 부임한다. 육체적, 정신적 나태에 빠진 마을 사람들의 모습을 보고 사제는 고뇌하며 용기와 힘을 얻기 위해 일기를 쓰기 시작한다. 사제는 고행하듯이 고기와 야채를 줄였고 값싼 와인에 설탕을 넣어 굳은 빵과 함께 먹는 식사를 한다. 마을에서 유일한 친구였던 의사 델방드는 자살로 생을 마감한다. 아버지의 불륜과 어머니의 묵인에 화가 난 백작의 딸 샹딸(니콜 라드미랄)은 어머니를 만나달라고 부탁한다. 아들을 잃고 하느님을 거

---

1) 타르코프스키가 선정한 좋아하는 영화 10편(Sight and Sound)－1. 어느 시골 사제의 일기 2. 겨울빛 3. 나자린 4. 산딸기 5. City Lights 6. Ugetsu Monogatari 7. 7인의 사무라이 8. 페르소나 9. 뮤세트 10. Woman of the Dunes

2) 조르주 베르나노스, 정영란 옮김, 『어느 시골 신부의 일기』, 민음사, 2011.

부해 온 백작 부인(마리-모니크 마르켈)은 사제의 신앙심에 감동 받아 전향한다. 백작 부인은 그날 밤 협심증으로 세상을 떠난다. 사제는 몸이 나빠져 심방을 갔다가 쓰러지고 릴의 병원에서 위암 선고를 받는다. 사제는 친구 뒤프레티의 집에서 "모든 것이 신의 은총이네."라는 말을 남기고 운명한다. 사제는 많은 실패와 거부를 겪었지만 절망하고 있는 백작 부인의 영적인 전향이라는 단 하나의 승리를 이끌어 낸다.

전개

프랑스 북부의 시골 마을인 앙브리쿠르에 젊은 사제가 새로 부임한다. 그는 자전거를 타고 마을 사람들을 방문하며 성실하게 임무를 하지만 마을 사람들은 교활하고 의심이 많았다. 젊은 사제는 고기와 야채를 줄였고 값싼 와인에 굳은 빵을 먹는 부실한 식사 때문인지 오르막을 갈 때 어지럼증을 느낀다. 악과 싸우기 위한 방편으로 사제는 그날그날 일기를 쓰기 시작한다. 그는 극도의 고립감을 느끼고 상황을 개선시킬 수 없다는 무력감 때문에 믿음에 회의가 생길 정도이다.

그가 첫 영성체 교리 수업을 하면서 세라피타에게 상을 주려고 했더니 그녀는 단지 신부님이 예쁜 눈을 가져서 수업에 집중했다고 말하며 순진한 사제를 놀린다. 백작 부인은 오래전 아들을 잃고 삶의 의미를 찾지 못한 채 신을 원망하는 여성이다. 어느 날 백작은 사냥한 토끼를 가져다 주지만 사제는 토끼 고기를 먹지 못한다.

사제는 아파서 의사 델방드에게 진찰받으러 갔다. 델방드는 사제의 충실한 눈이 마음에 든다고 말하며, 잘 먹지 않고 싸구려 술로 몸이 많이 상했다고 진단하였다. 어느 날 세라피타는 고의로 책가방을 진흙탕에 떨어뜨렸고 사제는 그것을 돌려주려고 그 집으로 가지만 어머니와 소녀는 쌀쌀하게 대한다. 토르시 사제에게 "제가 뭘 잘못했죠?" 라 묻자, "병 속에 든 벌처럼 말이야, 넌 너무 상식이 없어."라고 답한다. 사제는 새벽 3시에 렌턴을 가지고 교회로 가서 간절하게 기도한다.

사제의 일기 '또 한 번의 지독한 밤이다. 비가 너무 와 성당에 가지 못했다. 기도를 드릴 수 없다. 그때 나는 공기가 필요하듯 기도가 필요했다. 내 앞에 벽이 가로막고 있다. 내 가슴에서 깨지는 거 같다. 그것이 환상이었을까? 나는 침대 발치에서 완전한 수락과 포기를 보이려 했다.'

의사 델방드는 끝내 자살하였다. 토르시 사제에 의하면 살균에 대해 모른다고 소문나서 환자들이 떠나 매우 낙심했었다고 한다. 사제는 일기에 '마치 상처에 쇳물을 붓는 것 같았다.' 고 기록한다.

백작의 딸인 샹딸은 고해성사 후 어머니를 만나달라고 부탁하였다. 사제는 샹딸에게서 자살 욕망을 본 것 같았다. 백작 부인은 아들을 빼앗아 갔으니 하느님께서 이미 심판하셨다고 하느님에 대한 원망을 표현했다. 사제는 "어떤 죄라도 용서받을 수 있죠. 그분은 사랑 그 자체입니다." "우리의 숨겨진 잘못들이 다른 사람들에게 해가 되죠. 그만두셔야 합니다. 마음을 여셔야 해요." 백작 부인이 하느님 간섭이 없는 곳이 있다면, 내 아들을 그곳에 보낼 거라고 하자 사제는 당신이 주님을 욕하고 십자가에 못 박았다고 한다. 백작 부인이 증오를 지닌 채 죽을 뻔 했다며 속죄 의사를 밝힌다. 사제가 모두 다 봉헌하시라고 말하자, 백작 부인은 아들 사진이 든 펜단트 목걸이를 불에 던졌다. 사제는 그것을 끄집어내 부인에게 주었다. 그의 흔들리지 않는 신앙심이 그녀를 감동시켰고 그는 사면을 행했다. 그 다음 날 그는 "내가 느낀 건 포기가 아니에요. 아무 욕망도 없어요. 절대로. 당신이 내게 준 평화가 마음속에 느껴져요."라고 쓰인 부인의 편지와 속이 빈 펜단트를 받았다. 백작 부인은 협심증으로 그 전날 밤에 갑자기 죽었다.

어머니와의 만남을 몰래 지켜보던 상딸은 사제가 어머니를 다구친 것이 그녀의 종말을 재촉했다는 말을 퍼뜨렸다. 사제는 땀을 비 오듯 흘리며 저택에 왔다. 사제는 부인의 이마를 손으로 쓰다듬으며 그녀는 이제 아들 곁으로 가 영원히 평온을 얻을 것이라고 생각한다.

사제의 일기 '창밖에 눈이 내리고 있다. 백작 부인은 오늘 묻혔다. 그녀의 시련은 끝났고 내 건 시작되었다. 나의 힘든 시련들. 난 포기도 못하고 용기도 없다. 난 그냥 그런 존재다. 나는 성스러운 고뇌의 포로였던 것이다. 하나 남은 아들의 유품을 버리라고 하는.'

토르시 사제는 신부가 마시던 와인을 보며 이건 괴상한 독이라면서 기도하려고 노력하라고 충고한다. 사제는 토르시 사제와 헤어지며 보이지 않는 도로를 사이에 두고 작별 인사를 하는 것 같다고 느낀다.

사제의 몸은 갈수록 나빠졌다. 심방을 갔다가 오는 길에 사제는 진흙더미에 피를 토하고 쓰러졌다. 사제는 도와 달라 소리쳤고 마리아의 손을 보았다. 그것은 불쌍한 아이의 손이었다. '난 그분을 보았다.' 아무 광채도 없는 아이의 얼굴이었다. 세라피타가 제가 찾아서 다행이라며 등불을 들고 사제를 부축해서 인도했다. 피를 많이 흘린 것을 알고 사제는 아침에 릴로 가는 첫차를 타야겠다고 생각했다.

샹딸이 방문해 사제에게 감정을 많이 숨기신다고 말하자 사제는 자신은 진실을 두려워하지 않는다고 얘기한다. 샹딸은 아버지가 당신을 내쫓으려 하고, 마을 사람들은 당신을 주정뱅이라고 생각한다고 말한다. 사제는 짐을 싸며 여행 가방에 일기를 넣는다. 상딸은 사제에게 "엄마의 얼굴이 온화한 데는 무슨 비밀이 있나요?" 묻는다.

아침에 사제는 샹딸의 사촌 올리비아가 모는 오트바이를 타고 바람을 맞으며 어쩌면 이렇게 젊게 느껴질 수 있는가 생각하며 행복감을 느낀다. 사제는 기차로 릴에 가서 병원에서 그의 병이 위암임을 알게 된다. 사제의 일기 '난 결핵이리라 생각했다. 친척 아주머니가 나에게 블랙커피를 가져다주었다. 아름다운 새벽을 생각했다. 얼마나 신선하고 깨끗했던가. 병을 가지고 집으로 간다는 게 수치스러웠다.'

사제는 병으로 신부직을 포기하고 한 여인과 동거하고 있는 뒤프레티의 집을 찾아갔다. 사제는 거기서 쓰러졌다. 사제는 의식을 되찾았다. 친구에게 토르시의 사제를 만나달라고 했다. 그는 주머니에 있는 묵주를 달라고 하며 친구에게 사면을 요청했다. 친구가 그의 요청을 들어줄 수 없다고 말하자, 그는 친구 신부의 손을 잡더니 간절한 눈빛을 보냈다. "그것이 문제가 되겠나? 모든 것이 신의 은총이네." 그것이 그의 마지막 말이었다.

이 영화는 브레송이 훈련되지 않은 배우들을 쓰고 그들을 '모델'로 표현한 그의 독특한 영화 연출이 적용된 첫 번째 성공적인 영화이다. 브레송은 전혀 연기 경험이 없는 신실한 카톨릭 교인 레이두를 카스트했다. 당시 23세인 클로드 레이두는 미묘한 억제와 그럼에도 대단한 존재감을 지닌 수행을 보여주었다. 레이두는 신부들의 매너리즘을 익히기 위해 젊은 신부들과 몇 개월간 함께 생활했다. 또한 그는 주인공의 쇠약해진 금욕적 모습을 보이기 위해 엄격하게 단식하였다. 레이두가 자신이 성자를 연기했음을 깨닫게 된 것은 단지 완성된 영화를 보고 난 후였다고 한다. 니콜 라드미랄은 상딸 역에서 자살하겠다고 위협했지만, 후에 실제로 자살했다.

타르코프스키는 브레송 영화의 배우들은 인간적인 자신의 감정의 깊은 진실을 보여주기 때문에 결코 시대에 뒤떨어지게 느껴지지 않는다고 말한다. 브레송의 배우들은 어떤 모습을 연기하는 것이 아니라, 우리 모두의 눈앞에서 그들 자신의 깊숙이 내면화된 삶을 사는 것이다.[3)]

영화에서 일기를 적는 손은 브레송 자신의 손이다. 영화에서의 삭막한 이미지들은 정신적인 생명력이 고갈된 마을을 암시한다. 브레송은 사제가 교구민으로부터 감옥에 갇힌 듯한 느낌이 커지는 것을 보여주기 위해 반복적으로 유리창 문 뒤 또는 철조망이나 먼 거리에서 사제를 촬영함으로써 고립의 주제를 강조했다.

피터 코위에 의하면 브레송은 '표현의 단순성'이 뛰어나 어떤 것도 우연히 들어간 것은 없으며, 관련 없는 요소들은 조각가가 끌로 파내듯 제거되었다고 한다. 브레송은 낭비나 무절제, 지나침이나 장식적인 요소들에 의해 방해받지 않고 그의 캐릭터의 숨겨진 생각들이나 정서들을 드러내고자 했다.

뽈 발레리는 브레송에 대해 다음과 같이 평가하였다. '의식적인 과장을 불러 일으키는 모든 수단을 포기하는 자만이 오직 완전함에 이를 수 있다.' 이 같은 관점에서 사물을 본다는 것은 마치 삶을 겸손하고 욕심 없이 관조하는 것과 흡사하다.[4)]

감상

정신이란 스스로 삶 속으로 뛰어 들어가는 것이다.

---

3) 안드레이 타르코프스키, 김창우 옮김, 『봉인된 시간』, 분도출판사, 2007, pp. 199-200.
4) 앞 책, p. 120.

정신의 행복이란 헌신적인 희생의 제물로서 성유가 뿌려지고

눈물로 깨끗이 씻겨 신에게 바쳐지는 것이다.

— 니체, 『차라투스트라는 이렇게 말했다』[5]

민감하고 약한 애송이 사제가 정신적으로 황폐한 농촌 교구에 도착한다. 무경험으로 취약한지라 그는 무관심과 대놓고 하는 조롱을 겪는데, 그의 실패들과 고행들은 일종의 승리로, 은총으로 바뀐다.[6] 앙브리쿠르는 종교적 장치는 갖추어져 있으나 그것을 움직이는 마음은 작동되지 않는 영적으로 메마른 세계를 대표한다. 비록 젊은 사제는 열정적으로 의무를 다했지만, 마을 주민들은 죄로 물들어 있었고 냉담했고 적대감을 가지고 그를 대했다. 사제의 가장 평화로운 순간들이 앙부리쿠르를 떠났을 때임은 무엇을 의미할까? 현실의 삶에서 구원은 왜 오지 않는 것일까? 젊은 사제는 죽어간다. 영화에서 그의 마지막 말 "모든 것이 은총"이라는 말에서 삶의 가장 슬픈 사건에서조차 하느님의 손이 함께 하는 것을 알 수 있다.

브레송은 자신을 불가지론자라고 생각하였다. 그럼에도 이 영화는 궁극적으로 개인적 신앙에 대한 영화이다. 앙부리쿠르의 사제는 타락한 세상의 적대감에도 불구하고 매일 십자가를 지고 고행하는 삶을 살아가다가 갑작스럽게 찾아온 죽음을 숙명으로 받아들여 절망을 딛

---

5) 프리드리히 니체, 곽복록 옮김, 『차라투스트라는 이렇게 말했다』, 동서문화사, 2017, p. 112.

6) Christopher Null, Filmcritic. com, 2004.

고 자유로워질 수 있었다. 그의 신앙은 은총에 의해 보답받았다. 상당한 삶의 비애감을 안기는 작품이다.

「겨울 빛(Winter Light)」 - 하느님의 침묵

원제 : Nattvardsgasterna (1963)

감독 : 잉마르 베리만

수상 : 1963 National Board of Review 외국어 작품상

줄거리

11월의 쌀쌀한 일요일 토마스 에릭손 목사(군나르 비예른스트란드)는 심한 감기가 걸렸지만 밋순다의 작은 교회에서 미사를 진행하였다. 미사 후 토마스는 극심한 우울증으로 고통받는 어부 요나스 페르손(막스 폰 쉬도우)을 진정시키고자 하였으나 자신이 느꼈던 신의 존재에 대한 회의와 두려움의 경험을 털어놓는다. 요나스는 결국 자살한다. 교사인 마르타 런드베르그(잉그리드 튜린)는 사별한 그에게 사랑을 표현하지만 토마스는 그녀의 사랑을 거부한다. 제의실에서 곱추등의 교회 관리인 프로비크는 십자가에 못 박힌 예수의 수난에 관한 자신의 생각을 이야기한다. 베리만 감독은 이 영화에서 삶의 의미의 부재, 정서적 고립, 자기기만, 신앙 또는 신앙의 결핍, 인간 심리의 연약함 등을 다루었다.

전개

신은 왜 인간의 고통에 대해서 침묵하고 계시는가? 잉마르 베리만 감독은 신앙 3부작인 「어두운 유리를 통해(1961)」, 「겨울 빛(1963)」과 「침묵(1963)」을 만들었다. 이 3부작 중 '단순한 심오함' 때문에 의미 있다고 평가되는 영화가 「겨울 빛」이다. 베리만은 그의 일기에 이 영화에 대해 다음과 같이 적었다. '나는 신과 대화하기 위해 어느 버려진 교회 안으로 들어간다. 나는 몇 가지 대답을 얻고 싶어 한다. … 나는 협박하고, 분노하고, 기도하고, 혼란 속에서 어떤 명확함을 찾으려고 애쓴다.'

제1악장. 11월의 어느 일요일 정오 토마스 에릭손 목사는 밋순다에 있는 작은 교회에서 미사를 진행하고 있다. 겨우 일곱 명의 교구 주민들만이 예배에 참석하였다. 오프닝 시퀀스에서 카메라는 개개의 교회 참석자를 클로즈업으로 훑고 지나가고 그들이 영성체를 받으러 제단 앞으로 줄지어 나가는 모습을 비추는데, 줄 위에 꼭두각시들처럼 연약하게 보이며 위안을 갈구하는 모습이다.[1] 스웨덴의 영화명은 「성체 배령자들(The Communicants)」이다. 독감이 심하게 걸린 토마스는 프로스트나스의 저녁기도는 포기하라는 교회 관리인 알곳 프로비크의 충고를 거절한다. 토마스는 상담을 위해 남편과 함께 온 페르

---

1) Peter Cowie, Commentary, 2003 Aug. 18.

손 부인을 만난다. 어부인 요나스 페르손은 중국이 원자폭탄을 소유하리라는 뉴스를 읽은 후부터 극단적인 우울증에 빠져 있었다. 토마스의 믿음을 가지라는 충고에 요나스는 눈을 부릅뜬다.

제2악장. 제의실에서 다시 요나스를 만난 토마스는 "왜 우리는 살아가야 하나요?"라는 질문에 확신을 주는 답변을 하지 못한다. 그는 자신이 스페인 내전에 군목으로 참가한 후 느꼈던 신의 존재에 대한 회의를 이야기한다.

토마스 "당신도 아시다시피, 나는 별로 훌륭한 목사는 아니지요. 나는 아버지 같은 하느님이라는 있음직 하지 않은 개인적인 이미지를 믿고 있었지요. 인류를 사랑하시고 그중에서도 나를 사랑하시는 하느님이라는. 무식하고, 응석받이에, 근심만 많은 자는 쓸모없는 목사가 되지요. 메아리 하느님께 드리는 내 기도들을 상상해 보세요. 그는 은혜로운 답과 확신을 주는 축복을 주었지요. 내가 목격한 실재들로 하느님을 대면할 때마다 그는 어떤 거미 신, 괴물같이 추하고 역겨운 것으로 변했어요. 그래서 나는 빛으로부터 도망쳤고, 그 추한 이미지를 어둠 속에서 부여잡았죠. 나에게 하느님을 보여주었던 유일한 사람이 아내였지요. 그녀는 나를 지지했고, 격려했고 도와주었어요. …심연들을 덮어주었죠. 우리의 꿈들."

페르손이 떠나려 하자 토마스 목사는 조금만 더 머물러 달라며 "만약 하느님이 존재하지 않는다면, 어떤 차이가 있을까요? 삶은 납득할 수 있게 되겠지요. 얼마나 안심이 될른지요! 그리고 죽음이 찾아와 생명을 꺼뜨리겠지요. 육신과 영혼의 해체. 잔인함, 외로움과 두려움… 이 모든 것들이 직접적이고 투명하지요. 고통을 이해할 순 없어요, 그래서 그것은 아무런 설명도 필요하지 않죠. 창조주는 없습니다. 생명의 관할자, 아무런 기획도 없고, 나의 하느님… 왜 나를 버리셨나요?"라고 회의를 토로한다.

얼마 지나지 않아 요나스가 강가의 나무 아래에서 머리에 총을 쏘아 자살했다는 소식을 전해 듣게 된 목사는 눈 덮인 빙판길 위 침엽수림의 숲속에 쓰러진 요나스를 목격한다. 마르타가 와서, 그들은 그녀의 학교로 간다.

마르타가 토마스에게 가끔씩 나를 극도로 싫어하는 것처럼 들리는데, 내게서 벗어나고 싶으냐고 묻자 토마스는 내가 당신을 원하지 않기 때문이며, 당신의 사랑에 지쳤고 당신에 대해 신경 쓰기가 싫다고 냉정하게 말한다. 마르타는 토마스가 삶에 대해, 그 무엇보다 자기 자신에 대해서 불만이 많다고 얘기하며 당신의 꿈에 대해 관심을 덜 가졌지만 이제부터는 당신이 지향하는 바에 따라 노력해 보겠다고 말한다. 이에 토마스는 당신은 아무리 노력해도 내 아내처럼 될 수가 없다고 단언한다. 마르타는 토마스에 대한 존경을 연민의 감정으로 바꾸려고 노력해 왔음을 고백한다. 토마스는 마르타에게 저녁기도에 함께 가겠느냐고 묻는다. 그들은 페르손의 집으로 가서 카린에게 요나스의 죽음을 전한다.

제3악장. 프로스트나스의 저녁기도회를 준비하는데 신도는 한 명도 나타나지 않는다. 제의실에서 **곱추등의 교회 관리인 프로비크는** 십자가에 못 박힌 예수의 고난에 관한 자신의 생각을 토마스에게 이야기한다. 프로비크는 과거 철도회사에서 척추 부상을 당해 허리를 펴지 못하고 심한 통증에 시달려 잠도 잘 못 자는 상황이었다. 그처럼 고통스러운 프로비크가 절망에 빠진 토마스에게 한마디를 던진다. 여기에 이 영화의 뛰어난 마지막 대화가 있다.

프로비크 : 그리스도의 수난, 그의 고통... 목사님은 그의 고난에 초점 두는 것이 잘못이라고 말씀하시지 않으시겠지요?

토마스 목사 : 무슨 의미인가요?

프로비크 : 육체적 고통에의 강조가 그리 나쁜 것이라 할 순 없어요. 저도 예수님처럼 많은 육체적 고통을 겪어 왔어요. 그의 고통들은 꽤 짧았지요. 짐작컨데 네 시간 정도? 나는 그가 다른 수준에서 훨씬 더 치명적으로 고통받았다고 느껴요. 아마도 제가 그걸 틀리게 받아들였을 수 있지만요.
그렇지만 겟세마네를 생각해 보세요. 목사님. 그리스도의 제자들은 잠들었어요. 그들은 마지막 만찬의 의미나 그 어느 것도 이해하지 못했지요. 법 집행관들이 나타나자, 그들은 도망쳤지요. 그리고 베드로는 그를 부인했어요. 그리스도는 제자들을 삼 년 동안 알아 왔어요. 그들은 온종일 함께 살았지요. 그러나 그들은 결코 그가 의미한 것을 알아듣지 못했어요. 그들은 마지막 한 사람까지 그를 버렸습

> 니다. 그는 홀로 남겨졌지요. 그것이 고통스러웠을 거예요. 아무도 이해해 주지 못한다는 것을 깨닫는 것. 당신이 누군가에게 의지해야 할 때 버림받는다는 것. 그것은 정말 마음을 콕 콕 찌르지요. 그렇지만 더 나쁜 것이 다가옵니다. 예수님이 십자가에 못 박힐 때, 그리고 고통 속에 매달려 있을 때, 그는 울부짖었지요.
> '하느님, 하느님' '왜 나를 버리시나이까?' 그는 크게 소리쳤어요. 그는 하늘에 계신 아버지가 자신을 포기했다고 생각했어요. 그는 이제까지 설교해 온 모든 것들이 거짓이라고 믿었어요. 그가 죽기 직전의 순간에, 그리스도는 의심에 휩싸였습니다. 확실히 그것이 그의 가장 큰 난관이었을 겁니다. 하느님의 침묵이요.

프로비크는 그리스도를 확신을 가지고 생명을 바친 구세주라기보다 마지막에 회의에 휩싸였던 인물로 그린다.

이 말을 들은 토마스는 잠시 예배를 시작해야 할지 말지를 망설인다. 예수님처럼 토마스도 고통받고 의심에 사로잡혔다. 프로비크와의 대화 이후 그는 자기를 가둔 의심의 제약성을 벗어나 자신을 재평가하였다. 밖에는 마르타만 있었는데 그녀는 예배를 알리는 종소리를 듣고 '우리가 확신할 수만 있다면, 그래서 서로를 위해줄 수만 있다면, 우리가 믿을 수 있는 진실이 있다면, 우리에게 믿음이 있다면.' 이라고 무릎 꿇고 기도한다. 토마스가 일어나며 마지막 대사를 읊조린다. "성스럽도다. 전능하신 하느님. 지상은 그의 영광으로 가득하구나." 영화는 단지 한 명의 신도만 참여할 뿐이지만 미사를 시작하는 목사의 재확신을 비추며 끝맺는다.

계절적인 기후와 토마스의 병은 그의 영혼의 차가운 텅 빔을 반영한다. 영화는 제목과도 같이 밝은 태양 빛 아래에서는 촬영되지 않았고, 구름이 끼거나 안개가 끼었을 때에만 촬영되었다. 마지막에 토마스는 공허한 단어들의 의미 뒤에서 위안을 찾는 이들을 위해 의식을 거행하며, 그들로부터 자신의 영성과 정서적 균형의 반영 즉 메아리 하느님을 이끌어 내면서 미사 의식의 거룩함에로 돌아간다. 베리만 감독의 말을 들어보자. "내가 회고하는 한 그것은 저 세상의 구원의 개념들에 대한 전적인 해소의 문제였다. 그 시기에 내 마음을 스쳐 지나가는 것은 인간 자체에서 발견되는 성스러움의 의미로 대치되었다. 이것은 실제로 존재하는 유일한 성스러움이며 성스러움으로 생각될 수 있는 유일한 형태인 사랑의 개념이다."

감상

우리 모두는 삶의 바람이 일으켰다가

다시 떨어지게 놔둔 먼지 입자에 불과하다.

오늘은 언제나 불확실하고, 하늘은 언제나 아득히 멀고,

삶은 언제나 다른 곳에 있기에.

— 페르난두 페소아, 『불안의 책』, pp. 233-234.

인간이 다른 이의 고통에 대하여 헤아려 본다는 것이 얼마나 중요한가. 불안에 싸인 자살 경향이 있는 요나스가 도움을 요청할 때 토마스는 자신의 신앙의 회의 만을 늘어놓았고 그를 구하지 못했다. 요나스와의 상담이 끝나자 오히려 자유로움을 느꼈다. 토마스는 자신에게 사랑을 갈구하는 마르타에게 잔인한 말을 내뱉는다. 베리만에게 인생의 아이로니는 사람들이 서로 의사소통을 할 수 없음이었다.

목사 토마스(의심하는 예수의 제자)와는 달리 한낱 교회 관리인에 불과한 프로비크는 가슴을 열어 인간 대 인간의 대화를 연다. 프로비크는 예수님의 수난의 의미를 한발짝 더 나아가서 헤아리고 있다. 그는 목사에게 깨우침을 준다. 예수님도 십자가에서 마지막 순간 회의에 휩싸였을 수 있을 가능성을.

신의 침묵보다 더 중요한 것은 인간들 간의 위탁감이 아닐까? 토마스 목사처럼 자신의 고통에만 관심의 초점을 둘 때 신의 침묵이 영원히 계속되는 것은 아닐는지….

「사탄의 태양 아래」 - 이 세상은 신에 의해 움직이는가? 악마에 의해 조종되는가?

원제 : Sous Le Soleil De Satan (1987)

감독 : 모리스 피알라

원작 : 조르주 베르나르스, 『사탄의 태양 아래』[1] (1926)

수상 : 1987년 칸느 영화제 황금종려상

줄거리

도니상 신부(제라르 드빠르디유)는 새로 서품받은 신부이지만 그의 극단적인 채찍 고행에 대해 주임 신부 메누(모리스 피알라)는 걱정을 한다. 16세 소녀 뮤세트(상드린 보네르)가 연인인 마을 시장 까디놓을 우발적으로 쏘아 죽인다. 도니상 신부는 에따플로 가다가 길을 잃고 헤매다 밤이 되어 말 장수(장 크리스토퍼 부베)라고 소개한 사탄을 만난다. 사탄은 도니상에게 키스를 하고 인간 영혼을 꿰뚫어 볼 수 있는 능력을 선물로 주고 떠난다. 신부는 뮤세트를 만나 참회할 것을 요구

1) 조르주 베르나노스, 윤진 옮김, 『사탄의 태양 아래』, 문학과지성사, 2004.

하지만, 뮤세트는 자살하고 만다. 그 후 신부는 치유의 기적을 베풀어 마을의 성자로 칭송된다. 그는 루잔의 한 농부의 아들을 살리기 위해 하느님께 자신의 영생까지 바치는 기도를 하고 살려내는 기적을 행한다. 신부는 고해를 듣던 중 쓰러져 죽음을 맞이한다. 악에 물든 세상에서 고뇌하는 인간 내면의 갈등을 모리스 피알라 감독만의 독특한 영상으로 그려냈다.

전개

도니상 신부는 절망과 자기 의심의 내적인 위기로 고통받는다. 상관인 주임 신부 메누는 강한 영이 자네 안에 있다면서 확신을 주려고 한다. 도니상 신부는 나가려다 쓰러진다. 신부의 옷깃을 헤쳐 보자 스스로에게 가한 채찍 고행으로 가슴이 피로 물들어 있다. 도니상 신부의 극단적 금욕주의와 종교적 열광은 주임 신부로 하여금 도니상이 광신인지 성자인지를 분간할 수 없게 만든다. 도니상 신부는 신을 향한 자신의 열정과 세상의 악 사이에서 끊임없이 번민한다.

16세 소녀 뮤세트가 새벽 1시에 마을 시장 마르꿔 드 까디뇽집에 들어선다. 그녀는 이미 후작과 관계를 맺어 임신했지만, 마을 시장을 유혹하려 한다. 그녀는 임신 사실이 부모에게 발각된 후 집에서 도망쳐 나온 길이다. 다음 날 그녀는 장총을 손에 들고 있다가 까디뇽을 우발적으로 쏘아 죽인다. 그녀는 특별한 죄의식이 없이 담담하게 시냇물로 가서 피 묻은 구두를 씻는다. 그 후 그녀는 다른 정부인 의사 갈레에게 간다. 뮤세트는 갈레에게 그 사람을 죽인 손이라고 고백한다.

주임 신부가 도니상 신부에게 에따플로 가서 은퇴한 사제를 도와주라고 하였다. 도니상 신부는 끝없이 펼쳐진 구릉 길을 가다 길을 잃고 헤매다 밤이 되었다. 어떤 사람이 옆을 따라 걸으면서 합류했다. 그는 말 장수라고 소개하며 "어두운 밤이죠?"라고 말을 건넨다. 신부가 "네, 우리는 영혼의 어두운 밤이라고 생각하지요."라고 하자, 말 장수는 "어두움은 사람들을 서로 끌어당기죠. 그것은 가장 꾀가 많은 이의 기세를 누그러뜨리지요. 만약 당신이 나를 낮에 만났다면, 바로 지나가 버렸겠죠."라고 말한다. 도니상은 사탄이 육신을 입은 것임을 깨닫는다. 사탄은 도니상에게 키스를 하고 말한다. "당신은 나를 당신의 육신 안에 지니고 다니게 되었어요. 당신이나 어느 누구도 내게서 벗어나지 못하지요. 만약 당신이 당신의 마스터가 당신을 위해 계획하는 운명을 안다면! 우리는 혼자서 바보짓을 하지 않아요. 우리는 그의 사랑이 아니라 미움을 선택한 것이지요." 사탄은 도니상에게 인간 영혼을 명확하게 볼 수 있는 능력과 치유 능력을 선물로 주고 떠난다.

정신을 잃었던 신부가 눈을 뜨니 지나가던 석공이 자신에게 물을 먹이고 있다. 석공과 헤어져 길을 가다 나무 뒤에 서 있는 뮤세트를 만난다. 도니상 신부는 그녀에게서 악의 기운을 감지한다. 신부는 뮤세트에게 철저하게 자신을 되돌아볼 것을 요구하지만, 뮤세트는 이를 견디지 못하고 자살한다. 도니상은 자신의 '신성한' 선물은 영적인 구원이라기보다 공포와 죽음의 근원일 수 있음을 직감한다. 그는 그녀의 시신을 안고 성당으로 옮기는데, 뮤세트의 어머니가 신부를 맹렬하게 비난한다. 그녀를 구할 수도 있었다는 자책 때문에 신부는 자신을 학대한다. 신부는 트라피스트 수도원으로 떠난다.

도니상 신부가 다시 마을 사제로 와 '내 삶에 의미가 있을까.' 생각하며 손을 씻는데, 얼핏 뮤세트의 환영을 본다. 그는 치유의 기적을 베풀어 마을에서 성자로 칭송받는다. 어느 날 루잔의 한 농부가 찾아와 자기 아들이 생명이 위독하니 함께 가 달라고 부탁한다. 그러나 그들이 도착했을 때 이미 아이가 막 사망한 직후였다. 그는 소년을 살리기 위해 하느님께 "저의 영원한 삶마저도 희생하나이다."라고 간절한 기도를 올리자, 죽었던 소년이 눈을 뜨고 아이의 어머니가 달려와서 신부님은 성자라고 말하며 흐느낀다. 도니상 신부는 소년을 살려내는 기적을 베풀었으나 그를 도운 것이 하느님인지 사탄인지 궁금해한다. "누가 마스터입니까? 당신입니까? 아니면 그입니까? 당신이 저를 포기하기 전에 모습을 보여 주십시오." 그는 사제관에서 펜을 들어 쓰려고 하다 쓰러진다. "주님, 제가 아직도 쓸모가 있다면, 이 세상에서 데려가지 마옵소서." 신부는 고해실로 들어가 신도의 고해를 듣던 중 갑작스럽게 쓰러져 죽음을 맞이한다.

이 작품은 현대 세계에서 영적인 순수함을 추구하는 사제의 이야기로 시각적 매체인 영화는 사실상 깊은 성찰을 드러내기 힘들다. 그러나 도니상 신부가 죽은 소년을 살리고자 하느님을 부르는 클라이맥스 장면은 강한 감동을 자아낸다. 피알라 감독은 개인의 심리를 파고 들어 유혹, 고통과 절망의 표현들에 초점을 맞추었다. 그는 관객들에게 영화가 그들 자신의 내적인 삶을 반영할 수 있는 거울을 제공하기를 희망했다.

책의 저자 베르나노스는 이 이야기를 유혹의 직접성과 지속적인 경각심에 대한 필요를 깨우치고자 저술했다. 그러나 피알라 감독의 손에서 이 영화는 인간성의 정신분석학적 연구처럼 되었다. 피알라는 인간 영혼의 에센스는 무엇인가를 생각해 보라고 우리에게 요청한다.[2)]

피알라의 영화 스타일은 '리얼리즘'으로 묘사되는데, 피알라에게 있어 realism이란 개념은 한 순간의 직접성에 대한 거의 불가능한 추구였다. 캐릭터들의 내적인 동기와 느낌들을 적확하게 드러내기 위해 배우들은 생생하고 진정성 있는 정서들을 지녀야 했다. 만약 한 장면이 강렬한 감정을 요구한다면, 피알라는 배우들을 겁박하고, 고통을 가하고 위협해서 강렬함이 생생하게 느껴질 수 있도록 그들을 정서적으로 몰아갔다.[3)]

---

2) Derek Adams, Review, Time Out Film Guide.
3) 앞 글

감상

이 세상은 신에 의해 다스려지는가 아니면 악마에 의해 조종되는가?

한 가족이 있다. 돈은 없어도 행복하게 살아왔다. 그런데 갑자기 40대 가장이 직장에서 해고당한다. 막노동에 나선 가장은 발을 헛딛어 부상당한다. 남편을 간호해야 하고 둘째 아이가 아직 어려 돈을 벌러 나갈 수 없던 아내는 5천만 원을 투자하면 매달 2백만 원씩 통장에 입금된다는 사기꾼에 속아 돈을 대출받아 투자하였으나 사기꾼은 도망가고 투자액은 그대로 빚이 된다. 반지하 월세방에서 전기 수도료를 못 내 전기가 끊기고 촛불을 켜고 자다 화재가 난다. 그 후 셋집에서도 쫓겨나 부부와 8살 아들 5살 딸은 폐차 직전의 차량에서 지낸다. 밤이면 종이 박스로 막아 서로의 체온으로 추위를 견디고 아침이면 더운물 나오는 화장실로 가 아이들을 정성껏 씻긴다. 폐지 줍던 남편은 어느 날 일하다 쓰러지고 병원에서는 위암 3기라고 수술받으라고 한다. 4년 동안 버텨 보았지만 다른 살 방도가 없었던 부부는 아이들과 함께 자살하려고 결심한다. 소풍 가자고 아이들에게 말하고 경기도 한 숲에 와서 차 안에 연탄을 피워 자살을 시도하나 부부는 중간에 깨어났다. 아이들을 서둘러 안고 나오지만 아이들은 이미 숨졌다. 부부는 다시 달려오는 차에 뛰어들어 죽으려고 하였지만 교통사고를 당해 병원에 있다가 자식 살인죄로 고소당해 법정에 선다.

이는 실제로 신문 사회면에 실린 내용이다. 마치 사탄이 옆에서 지켜보며 부부를 지옥의 늪으로 빠지게끔 유도하는 것 같지 않는가? 평범하게 흘러갈 수 있었던 이 삶에 이렇듯 시종일관 박탈과 죽음과 비극이 도사리고 있으니, 이 세상은 악마에 의해 굴러가고 있는 것 아닌가 하는 의문이 든다.

뮤세트와 같이 살인을 하고도 별다른 양심의 가책을 느끼지 않는 인간들이 실제로 우리 주변에 있다. 악이 현존하는 세계 안에서 타락한 인간들은 영혼을 발가벗기는 성찰을 견디어 내지 못한다. 사탄의 태양은 오늘도 작열하며 내리쬐이고 있다.

|사회학적 시선|

신념체계와 영성

신과 악마가 싸우고 있다.

그 전쟁터야말로 사람의 마음이다.

— 도스토옙스키, 『카라마조프가의 형제들』

만 년 전의 무덤터에서 꽃의 화석이 발견되었음은 그 당시 사람들이 장례 의식에서 꽃을 던지는 종교의식을 행했음을 추정케 한다.

니코스 카잔차키스는 인생에서 중요한 가치는 그가 '크레타의 경지'라고 부른 가장 높은 정상에 다다르기 위해 한 걸음 한 걸음 나아가려는 노력이라고 보았다. 인간의 아들이라고 불리 울 자격이 있는 모든 인간은 십자가를 지고 그의 골고다를 오른다. 대부분 사람들은 한두 걸음 나아가다가 여로의 중간에서 숨을 몰아쉬며 쓰러지기 때문에 골고다의 정상에 이르러 십자가에 못 박히고, 부활하여 다른 자들의 영혼을 구원하지 못한다. 내 생애에 항상 나를 괴롭히고 채찍질을 한 단어는 언제나 '오름' 하나뿐이었다.[1] 우리들에게는 올라간다는 바로 그 행위가 행복이요, 구원이요, 천국이기 때문에 올라갔다. 인간

---

1) 니코스 카잔차키스, 안정효 옮김, 『영혼의 자서전』, 열린책들, 2008, pp. 7-8.

의 보람은 오직 한 가지, 어떤 보상도 받지 않으며 용감하게 살다가 죽는다는데 있다.

구원

인간과 인간 간의 관계에서 고립과 소외가 문제 되듯이 인간과 신과의 관계에서 구원의 문제는 종교인뿐만 아니라 철학자들과 작가들에게 항상 중요한 주제였다.

순회극단 연극 배우의 셋째 아들로 태어난 유진 오닐은 돈에 대해 인색한 아버지와 마약중독자인 어머니, 알코올 중독인 형과 결핵을 앓는 시인 자신의 자전적인 이야기를 『밤으로의 긴 여로』에서 절절하게 써 내려갔다. 그는 이 작품을 쓰면서 인간은, 특히 가족은 서로 이해하고 사랑하고 용서해야 한다는 신의 대답을 듣고 있었다. 오닐은 구원의 길이란 인간이 신에 매달려 찾으려 하지 말고 자신의 의지와 용기로 찾아야 한다고 주장한다. 인간에게 타인을 진정으로 사랑할 마음이 남아있는 한 암흑 속에서도 빛을 찾을 수 있다. 구원은 신의 의도에 의해 이루어지는 것이 아니라, 한 인간이 주변 사람들과의 관계를 통해 구원을 받을 수도 받지 못할 수도 있다고 오닐은 생각했다.

사람은 저마다 스스로 길을 찾아 자신을 구원해야 한다. 크레타에 있는 이슬람교 탁발승들에게 니코스 카잔차키스는 계율이 무엇인지 묻자 그들은 답한다. "가난입니다. 아무것도 소유하지 않고[2], 아무런 짐도 지지 않으며, 꽃이 만발한 길을 따라 신에게로 가는 거예요. 웃음과, 춤과, 기쁨이 우리들의 손을 잡고 이끄는 새로운 대천사랍니다." "어떻게 찬양하나요?" "춤으로요. 춤은 자아를 제거하고, 일단 자아가 제거되면 신을 만나지 못하게 막는 모든 장애물이 없어지기 때문이죠."[3]

이슬람 시인 루미는 음악과 춤을 자신의 내부를 향해 여행하는 가장 좋은 방법으로 보았다. 메블레뷔춤, 세마춤은 이승의 삶을 포기하고 신과 신비로이 합일해 다시 태어나는 것을 상징한다. 수도승들은 하늘을 향해 오른손을 뻗어 신의 축복을 받고, 왼손은 우주의 중심을 향하듯 땅을 가르킨 채 시계 반대 방향으로 돌며 춤추기 시작한다.[4]

신의 침묵

잉마르 베리만은 인간 조건에 대한 '커다란 질문' 즉 신, 신앙, 욕망, 의심, 절망, 죽음, 그리고 무엇보다 사랑과 그것의 깨지기 쉬움에 관심을 두었다.

「제7의 봉인(1957)」에서 중세 기사는 죽음에게 질문한다. "왜 그는 내가 그를 저주하고 내 마음으로부터 떼어 내기 원할지라도 고통스럽고 굴욕적인 방식으로 계속 살아있나요? 왜 이 모든 것에도 불구하고

2) 키에슬롭스키는 「Trois Couleurs: Bleu(1993)」에서 고통받음을 카타르시스적인 자유(cathartic liberation)의 수단으로 보았다. 아무 것도 소유하지 않는 것에는 자유가 있다. 모든 것을 상실하는 데에는 또한 자유가 있다.

3) 니코스 카잔차키스, 안정효 옮김, 『영혼의 자서전』, 열린책들, 2008, p. 205.

4) 유재원, 『터키, 1만 년의 시간여행:01』, BM 성안당, 2010, p. 303.

그는 내가 떨쳐낼 수 없는, 낭패하게 하는 실재인가요? 듣고 계신가요?”

“네, 듣고 있어요.” 고해신부로 위장한 죽음이 대답하며, 하느님의 침묵에 대한 명백한 설명을 제안한다. “아마도, 그곳에 아무도 없기 때문이겠죠.”

기사가 “모든 것이 무(nothingness)라는 걸 알고서는, 어느 누구도 죽음에 대면해서 살아갈 수 없어요.”라고 이의를 제기하자 죽음은 “대부분의 사람들은 결코 죽음이나 또는 삶의 공허(futility)에 대해서 생각조차 안 한답니다.”라고 대꾸한다.

종교 현상에 대하여

철학자 레세크 코와코프스키는 종교 현상을 인간 자신의 부족함에 대한 표현이자 선언이라고 해석했다. 일상을 벗어나는 비정상적인 일을 해내는 신의 능력 때문에 신을 필요로 하는 것이다. 인간들은 자신의 능력으로는 그 어떤 영향력도 끼칠 수 없는 듯한 그 모든 힘들을 해명하기 위해 전지전능한 신을 필요로 한다.[5] 미래의 우주 속에 고독하게 홀로 남을지도 모른다는 우려와 극복할 수 없는 재앙에 관한 두려움은 유동하는 근대세계에 항시 존재하는 불확실성이다.

스타니스와프 렘의 『솔라리스』에서 크리스 캘빈은 ‘불완전한 신’이

5) 지그문트 바우만, 조은평, 강지은 옮김, 『고독을 잃어버린 시간』, 동녘, 2012, pp. 268-270.

라는 아이디어를 스나우트에게 이야기한다. 그는 "이거야말로 내가 믿을 수 있는 유일한 신이 아닐까 하는 생각도 드네. 속죄나 구원이 목적이 아닌, 아무 목표도 없이 다만 그 곳에 존재할 뿐인 신이기 때문이야."[6]

6) 스타니스와프 렘, 김상훈 옮김, 『솔라리스』, 오멜라스, 2008, p. 276.

추상 328, 162×130㎝, oil on canvas, 1994

교만에서 시작해 한없는 욕망의 노예가 된 인간들이 등장하는 영화가 「달콤한 인생」이다.
영화 속에 아무도 어떤 일에 의미 있게 참여하지 않는다. 의미 없는 실존을 지속해 나갈 수가 없다고 생각해서 스타이너는 자살한다. 우리는 때로 욕망을 채우기 위해서 인생을 낭비하며, 삶에서 궁극적 의미를 찾으려는 노력을 하지 않는다. 펠리니는 달콤한 인생은 곧 낭비된 인생이지 않겠는가를 생각하게끔 해준다.

V 사회적 규범

「순응자(The Conformist)」 - 규범에의 동조

원제 : Il Conformista (1970)

감독 : 베르나르도 베르톨루치

원작 : 알베르토 모라비아, 『순응주의자』[1] (1951)

수상 : 베를린영화제 언론인 특별상

줄거리

1938년 파시즘 체제하의 이탈리아. 주인공 마르첼로 클레리치(장 루이 트랭티냥)가 콰드리 교수의 암살을 준비하며 차로 이동한다. 그의 어머니는 아편 중독이고 아버지는 정신병동에 수용되어 있다. 그가 열세 살 때 친구들에게 괴롭힘 당하던 중 고급 차 운전수 리노가 구해준다. 그 뒤 그가 자신을 범하려 하자 마르첼로는 총을 난사하고 도망친다. 그는 파시스트가 되었고 동성애 성향을 억압하고 정상적인 삶을 위해 줄리아(스테파니아 산드렐리)와 결혼한다. 그는 파리로 가서 콰드리 교수 집에서 젊은 아내 안나(도미니크 산다)를 보고 사랑에 빠진

1) 알베르토 모라비아, 정란기 옮김, 『순응주의자』, 문학과 지성사, 2021.

다. 안나는 마르첼로 부부를 사보아 별장에 오라고 초청한다. 국경 부근 도로에서 콰드리 교수는 숲에서 나온 암살자들의 칼에 찔려 살해당한다. 안나는 살려달라고 애원하지만 마르첼로는 꼼짝않고 안나 역시 살해당한다. 몇 년 후 무솔리니가 사임하고 반파시스트 시위가 벌어지는 가운데 그는 산 안젤모 다리 근처에서 옆 청년에게 동성애적인 눈길을 보낸다.

전개

영화 첫 장면이 마르첼로 클레리치가 파리에서 대학교 은사인 콰드리 교수를 암살하는 임무를 수행하기 위해 비밀 요원 망가니엘로가 운전하는 차를 타고 이동하는 모습이다.

일련의 플래쉬백(과거의 회상장면으로의 전환)을 통해 그는 장님 친구 이딸로에게 결혼할 계획, 파시스트 비밀경찰에 합류할 시도들을 이야기하고 아편 중독된 어머니를 만나러 가고 정신병동에 수용된 아버지를 만나러 간다. 그가 어머니의 집을 방문할 때 낮은 앵글에서 찍은 퇴락한 저택 정원에 수북이 쌓인 나뭇잎들이 바람에 흩날리는 장면이 매우 인상적이고 아름답다.[2]

---

2) 촬영 감독 비토리오 스토라로는 시각적으로 강력하고 아름다운 예술 작품을 만들었으며, 후에 「지옥의 묵시록」으로 아카데미 촬영상을 받았다.

플래쉬백 중 하나에서 열세 살 마르첼로가 친구들에 의해 수모를 당하고 있을 때 고급 차 운전자 리노가 다가와 그를 구출해 준다. 마르첼로는 집까지 따라 가지만 리노가 피스톨을 보여주고 자신을 범하려 하자 침대에 있던 총을 집어 난사하고 피 흘리며 쓰러진 그를 두고 도망친다. 그 사건은 그가 평생 정상성을 갈망하게 한 계기가 된다.

다른 플래쉬백에서 약혼녀 줄리아의 요청으로 고해성사를 받으러 간다. 그는 고해성사 신부에게 리노가 동성애적인 접근을 하여 그를 총을 쏘아 사망[3]케 한 일을 고백한다. 마르첼로는 남들처럼 가정을 갖는 정상적인 인생을 누리겠다고 한다.

마르첼로는 결혼 후 콰드리 교수를 암살할 임무를 받고 줄리아와 파리로 신혼여행을 간다. 기차 안에서 줄리아는 자신이 60세가 넘은 변호사와 6년 넘게 사귀었던 여자임을 밝힌다. 마르첼로는 기차를 바꿔 타는 벤티미글리아에서 권총을 받고 콰드리 교수를 제거하되 그 일을 파리에서 하지 말고 알아서 장소를 정하라는 지령을 받는다.

마르첼로는 파리에서 콰드리 교수 집을 방문해 교수의 젊은 아내 안나에게 첫 눈에 사랑에 빠지지만 양성애자인 안나는 줄리아에게 관심을 보인다. 마르첼로는 발레학교로 가서 안나에게 브라질에 함께 도망가면 모든 걸 포기하겠다고 말한다. 안나는 처음에는 경멸하며 거부하다가 나중에는 우리를 해치지 말아 달라고 애원한다. 안나는

3) 리노가 사망한 것으로 잘못 신문 기사가 났었음.

마르첼로 부부를 사보아 별장에 초대하며 교수는 내일 출발한다고 한다. 마르첼로가 망가니엘로에게 권총을 돌려주며 포기하려 하자 망가니엘로는 포기하면 탈영병이 된다고 경고한다.

그들은 식사 후 춤을 추러 가는데 멋지게 차려입은 안나와 줄리아가 함께 탱고를 추는 댄스 홀 장면은 이지적이면서도 관능적으로 마음을 흔들어 놓는 아름다움의 극치를 보여준다. 마르첼로는 안나에게 내일 남편과 함께 가지 말 것을 부탁한다.

프랑스 국경 부근의 숲속의 도로에서 콰드리 교수는 마주 오던 차가 접촉 사고를 내자 상황을 알아보려고 나갔다가 순식간에 숲에서 나온 사람들의 칼에 찔려 무참하게 살해당한다. 이 일을 목격한 안나는 뒤에 서 있던 차에 달려가고 차창을 두드리면서 살려달라고 애원하지만, 마르첼로는 냉정하게 아무 일도 하지 않는다. 안나는 숲으로 달려 도망치다가 마침내 총을 맞고 쓰러진다. 프랑스 국경 부근의 눈 덮힌 숲에서 나무들 사이로 쏟아지는 햇빛의 묘사는 비극의 현장으로 처연하다. 암살 장면은 손으로 들고 찍는 카메라를 사용하여 나무가 흔들리고 바람이 스산하게 부는 숲의 무시무시한 정서가 효과적으로 전달되었다.

몇 년 후 무솔리니가 사임하였다는 방송이 흘러나온다. 마르첼로는 집에서 어린 아들을 치켜든다. 이딸로의 만나자는 전화에 마르첼로는 성 안젤로 다리에서 이딸로를 기다린다. 근처 모닥불 옆에서 웬 남자가 옆의 청년에게 접근하는 것을 보고 마르첼로는 리노가 살아있음에 놀라며, "그는 호모에다가 파시스트고 콰드리 교수를 죽인 살인자." 라고 외친다. 이딸로가 친구를 찾는데 마르첼로는 이딸로를 가르키며 이 사람도 파시스트라고 외친다. 이딸로는 공산당 깃발을 든 시위대에 붙잡혀 휩쓸려 간다. 마르첼로는 계단에 앉아 있다가 좀 전에 유혹 받던 청년을 물끄러미 바라보는 장면으로 영화가 끝난다.

베르나르도 베르톨루치 감독은 색채감 있는 영상미로 유명하다. 그는 파시스트와 연관된 1930년대 독일 표현주의 기법을 사용했으므로 중앙 정부 건물이나 정신병동의 모습은 초현실주의적이다. 베르톨루치가 29세 때 감독한 이 영화는 사건을 연대기적으로 배열하지 않고 진행 중인 현재에 플래쉬백을 사용함으로써 현대 소설의 특징인 '의식의 흐름' 기법과 유사하게 주인공의 주관적인 마음을 따라가도록 고안하였다.

「순응자」는 체제에 순응하여 파시스트로 살아간 한 인간의 비인간성과 비극적인 결말을 보여준다. 냉랭하고 무관심한 부모 사이에서 자란 마르첼로는 폭력성이 내재해 있다. 그는 어린 시절의 성적 트라우마로 '정상적인 삶'을 살아가고자 하는 열망이 강해졌고 그 과정에서 그의 가치들을 기꺼이 희생시킨다. 감독은 억압된 성적 욕망들을 파시스트 정치와 연관시켰다. 다시 말해 정신분석학과 정치학을 결합시켰다.

베르톨루치는 원작 소설을 영화화하면서 플롯 두 가지를 변경하였다. 첫 번째는 교수와 그 부인의 살해 장소와 방법을 눈이 쌓인 야외에서 실행하게 함으로써 현장을 목격한 마르첼로가 도덕적으로 그 살해 행위에 책임이 있음을 부각시켰다. 두 번째로 소설에서는 차를 타고 로마를 탈출한 마르첼로 가족이 폭탄 테러로 모두 사망하지만 영화의 결말은 훨씬 더 열려 있고 모호하게 만들어졌다. 그는 1979년 한 여성에게 "나는 엔딩을 모호하게 남겨놓았습니다. 왜냐하면 그것이 삶이 흘러가는 방식이니까요. 나는 메시지를 영화에 담지 않습니다."라고 답하였다.

그는 소설에는 없는 '플라톤의 동굴의 우화'를 영화 속에 삽입하였다. 베르톨루치는 파시즘에 순응하고 사는 사람들이 플라톤의 동굴의 우화의 죄수들과 같다고 보았다. 그들은 평생 동굴에 갇혀 사슬에 매여 있었으므로 벽에 비친 그림자를 실재로 믿고 의문시하지 않으며 거짓에 속아 넘어간다. 플라톤의 동굴의 우화에서 족쇄에서 풀려난 죄수가 햇빛 속으로 나아가 그동안 보아온 것들이 그림자였음을 깨닫듯이, 가짜 상을 진실이라 떠드는 거짓 선지자들에 속아 넘어가지 말기를 감독은 원했을 것이다.

감상

테러리스트가 암살을 했을 때 당이 지령을 내렸기 때문에 선택의 여지가 없었다고 말함으로써 자신을 변명한다. 과연 그럴까? 마르첼로가 콰드리 교수의 암살에 적극 개입하고 협조한 사건을 장 폴 사르트르의 '배신(bad faith)'[4]이라는 개념으로 이해해 보자. 인간은 자신의 행동에 대해 책임을 져야 한다. 인간이 자신이 선택해서 행한 것을 필연성으로 돌릴 때 그는 '배신' 또는 '자기기만'하고 있는 것이다. '배신(bad faith)'은 실제로는 선택 가능한 어떤 것을 필연적이라고 가장하는 것이다. '배신'은 자유로부터의 도피이며 '선택의 고통'을 불성실하게 회피하는 것이다. 주인공은 윤리적으로 실패하였을 뿐 아니라 실존적으로도 불성실하다.

주인공이 어떤 대가를 치르고라도 동조하려 한 '정상성'이란 과연 무엇을 의미하는 걸까? 주인공은 정상성이 주는 안정감을 원했고 수용되기를 바라기 때문에 도덕적 양심과 친한 친구까지 희생시킨다. 동성애가 죄악[5]으로 여겨지는 사회에서 그는 자신의 동성애적 경향을 억압해 왔으며, 자신이 정상적으로 가정을 꾸리며 살아가는 것을 세상에 보이고자 했다. 자신이 사랑하는 여자가 눈앞에서 죽어가도 그것을 냉정하게 목격하는 인간. 성 안젤모 다리에서 공산주의자들이 파시스트를 반대하는 행진을 하고 있을 때 장님 친구 이딸로를 파시스트라고 고발해 잡혀가도록 부추기는 모습은 인간성이 말살된 모습

4) 피터 버거, 토마스 루크만, 『실재의 사회적 구성』에서는 사르트르의 '자기기만(mauvaise foi)'으로 번역되어 있음.

5) 오스카 와일드는 동성애로 2년 동안 감옥에 있다가 프랑스로 추방되었으며 그곳에서 사망하였다.

을 보여준다.

제각기 다른 개개인의 삶이 있을 뿐이지 '정상적인 삶'이란 것은 존재하지 않는다. 남에게 정상적인 인생처럼 보이기 위해 살아왔던 주인공의 가식적이고 허망한 삶은 얼마나 자신에게 그리고 사회에 해를 끼친 것일까?

「달콤한 인생」 - 도덕적 타락

원제 : La Dolce Vita (1960)

감독 : 훼데리코 펠리니

수상 : 1960년 칸느 영화제 황금종려상

줄거리

신문사 연예부 기자 마르첼로 루비니(마르첼로 마스트로안니)의 삶은 화려하나 내면은 공허하다. 그는 부잣집 딸 막달레나(아누크 에메)와 정사를 벌인다. 동거녀 엠마가 그의 무관심을 비관해 자살을 시도하자 병원으로 이송한다. 그는 헐리우드 여배우 실비아(아니타 에크베르그)와 로마 밤거리를 산책하고 새벽녘에 그 연인에게 폭행당한다. 어린 남매가 성모 발현 기적을 보았다고 해 엄청난 인파가 몰려들지만 결국 거짓으로 판명된다. 그는 부유한 지식인 스타이너 집의 파티에 가서 대화를 나눈다. 마르첼로는 스타이너의 권유에 따라 해변가 식당에서 창작을 시도하나 곧 포기한다. 스타이너가 두 자녀를 죽이고 그 자신은 권총 자살한 사건이 발생해 마르첼로는 정신적 혼란에 빠진다. 그는 습관대로 대저택에서 난잡한 파티를 즐긴다. 새벽에 거대한 물고기를 보러 해변에 갔다가 미소 띤 식당 소녀가 하는 말은 듣지 못하고 파티의 무리를 따른다. 마르첼로는 소녀가 상징하는 순수한 세계에 다가갈 수 없고 쾌락의 늪에 빠져 구원은 불가능하다.

전개

첫 장면에서 헬리콥터가 예수상을 줄에 매달아 어딘가로 이동시킨다. 이 장면은 신이 사라진 시대에 인간의 구원은 어디서 찾아야 하는지를 묻는 듯하다. 아니면 신을 조롱하는 듯하다. 마르첼로가 겪는 아홉 개의 에피소드가 영화 속에서 재현되는데, 그는 어떤 여성하고도 소통하지 못한다.

그는 돈 많은 집 딸인 막달레나와 만나 매춘부의 집으로 가서 정사를 벌인다. 집에 와보니 동거녀 엠마가 자살을 시도하여 쓰러져 있었고 마르첼로는 그녀를 병원으로 옮긴다.

헐리우드 여배우 실비아가 영화 촬영을 위해 온다. 클럽에서 마르첼로는 실비아와 춤을 추며 유혹할 기회를 노린다. 그들은 함께 로마 밤거리를 산책하다가 실비아가 길 잃은 고양이에게 먹일 우유를 찾자 마르첼로가 가게로 사러 간다. 그 사이 실비아는 광장의 분수대에 뛰어 들어가고 마르첼로도 뒤따라 들어간다. 마르첼로는 다음 날 새벽 그녀의 연인으로부터 폭행당한다.

우연히 성당 안으로 들어가 스타이너가 파이프 오르간으로 들려주는 바하의 토카타를 들은 마르첼로는 자신의 속물성을 깨닫는다.

이때 성모 발현의 기적을 보았다는 두 어린 남매가 나타나고 광신도들이 열광하며 성모의 기적을 나누어 받으려고 몰려든다. 기적의 들판에 엄청난 인파가 모이고 밤이 되자 폭우가 쏟아진다. 비가 세차게 오는 와중에도 두 어린 남매의 뒤를 군중들이 미친 듯이 뒤따른다. 펠리니의 영화에서 물의 이미지는 카타르시스와 영원함의 상징이다. 그러나 이것은 사기였고 두 아이들의 거짓 증언에 놀아난 어른들과 언론매체의 우매함을 보여줄 뿐이다.

부유한 지식인 스타이너 집의 파티에 간 마르첼로는 스타이너와 대화를 나눈다.

마르첼로 : 난 인생을 낭비하고 있어. 아무런 변화도 없이 말이야. 나도 한때 의욕적이었지만, 지금은 모든 걸 잃고 있네. 모든 걸 망각하면서…

스타이너 : 자신을 집에 가두는 게 구원이라고 믿지는 말게. 난 아마추어라기엔 너무 심각하고 전문가라기엔 취미 삼아 하는 사람이지. 모든 게 계획대로 움직이고 철저히 조직화된 사회에 의해 보호되는 삶보다는 가난한 삶이 더 낫지.

가끔 밤이면 이 침묵과 어둠이 날 무겁게 짓누른다네. 이 평화가 그 무엇보다도 날 두렵게 만들어. 평화는 단지 가면일 뿐 그 속에 지옥의 얼굴이 있는 것 같아.

작가의 꿈을 포기하지 말라는 스타이너의 권유로 마르첼로는 해변가 야외 식당에서 타자기를 놓고 글쓰기를 시도한다. 하지만 술과 여자에 빠져 살아가는 주인공은 창작할 수 없어 곧 포기하고 만다. 마르첼로가 만난 여자들 중 유일하게 순수하게 묘사된 아르바이트하는 10대 소녀에게 마르첼로는 잠시 관심을 보인다.

마르첼로는 오랜만에 만난 아버지와 나이트클럽에 가서 밤새도록 술을 마시고 논다. 마르첼로의 아버지는 무희 판니에게 노익장을 과시하려다 실패하고 초라한 모습으로 떠난다. 아마도 마르첼로의 나이 들었을 때의 추한 모습을 미리 보는 듯하다.

마르첼로는 귀족 가문의 5백 년 전에 지어진 성에서 열린 파티에 간다. 어리석고 퇴폐한 귀족과 그 친구들이 강령 의식도 하고 밤새 놀다가 일부는 새벽 미사에 참여한다.

파티가 끝난 후 자동차 안에서 엠마는 마르첼로에게 "항상 불안하고 만족하지 못하지. 뭐가 두려운 거야?" 묻는다. 마르첼로는 "네 그 쓸데없는 이상들, 너는 벌레 같은 삶만 강요해. 이런 삶을 받아들이는 남자는 이미 끝난 인생이야. 난 너의 공격적이고, 끈적대는 사랑을 믿을 수 없어. 원하지도 필요하지도 않아." 마르첼로는 강제로 엠마를 차에서 내리게 한 뒤 한참 있다가 태우러 와서 화해한다.

그가 부러워하던 철학자 친구 스타이너가 자신의 두 아이를 죽이고 권총 자살을 하는 놀라운 사건이 발생한다. 마르첼로는 혼란에 빠진다. 마르첼로는 명성, 부, 예술, 종교, 가족 그리고 결혼 그 모두가 의미를 지니지 못한다고 느낀다.

마지막 대저택 파티에서 마르첼로는 스트립쇼를 관람하고 난교라고 할 상황을 진두지휘하고 온갖 인간의 타락한 모습들을 그대로 보여준다.

새벽에 어부들이 잡은 거대한 괴물 물고기를 보러 사람들이 바닷가로 몰려간다. 바닷가에서 마르첼로는 순수한 소녀를 다시 보게 된다. 마치 천사 이미지를 닮은 소녀가 하는 말(메시지)은 소음으로 인해 그에게 전달되지 못하고 그는 다시 파티의 무리를 따른다.

미국 교수 사무엘스와의 인터뷰에서 펠리니는 말하기를 영화의 제목은 "내가 의도했던 것과 정확하게 정반대되는 의미를 갖게 되었다. 나는 그것이 '쉬운 인생'을 의미하는 것이 아니라 '삶의 달콤함'을 의미하기를 원했다." 사무엘스는 마르첼로는 고뇌하는 사람처럼 보였다고 그가 천사 같은 소녀를 만나는 장면을 생각해 보라고 반박했다. 펠리니는 그것은 순수하고 도덕적으로 완전하고 천사 같은 어떤 것에 대한 소망이 노스탈지어를 남기면서 우리 마음의 밑바닥에 있기 때문이라고 답했다. 주인공이 개선되기를 원하지 않겠냐는 교수의 질문에 펠리니는 "아니요. 그는 'dolce vita'를 좋아하고 그것을 매혹적이라고 생각합니다. 마지막에 그는 '나는 듣지 못해' '나는 이해할 수 없어'라는 부인의 제스처를 하지요. 그것은 또한 '나는 너의 목소리를 듣기를 원치 않기 때문에 들을 수가 없다.'라는 제스처로 간주될 수 있어요."[1]

감상

1930년대 로마 사회 상류층의 삶 속에 내재한 공허함을 다룬 영화가 「달콤한 인생」이라면 우리가 살고 있는 시대가 척박한 불모의 장소임을 강조한 20세기를 대표하는 시가 1922년 발표된 T. S. 엘리엇의 『황무지』이다.

『황무지』는 정신적 메마름, 인간의 일상적 행위에 가치를 주는 믿음의 부재, 생산이 없는 성, 그리고 재생이 거부된 죽음에 대한 시이다. 엘리엇은 시에 과도한 감정을 배제하고 '콜라주'[2] 수법을 시에 도입하여 상과 상을 그대로 병치시키는 방법을 시도했다.

『황무지』와 「달콤한 인생」 두 작품은 '현대의 삶의 공허함에 대한 인식'이며, 두 작품 모두 다양한 성적 만남을 나열하지만 그것을 그리 만족스럽게 묘사하지 않는다. 두 작품 모두 종교에 대한 관심이 높다. 풍요제와 성배 신화로부터 타로 카드, 구약과 신약, 불교와 우파니샤드에 이르는 다양한 종교적 관심을 가진 엘리엇과는 달리 펠리니는 로마 카톨릭을 조롱한다. 예수상이 헬리콥터에 매달려 이송되는 모습

1) Hollis Alpert, *Fellini, A Life*, Antheneum, 1986, p. 151.
2) collage, F(사진, 신문, 광고 조각들을 맞추어 선과 색을 배합한 추상적 구성법)

이라든지, 신부를 패러디한 복장을 입은 아니타 에크버그가 성 베드로 성당의 꼭대기로 허둥거리며 올라가는 장면, 아이들이 성모 발현 기적을 보았다고 거짓 증언하는 사기극, 스타이너의 교회에서의 성스러운 바흐 음악 연주와 그 후 일어난 끔찍한 자녀 살해와 자살, 마지막에 해변에 올라온 거대한 괴물 물고기의 기괴한 모습 등은 카톨릭의 낡은 종교성에 대한 비판이다.

로버트 리차드슨은 두 작품의 유사성을 괴리의 미학이라 지칭한다. 엘리엇과 펠리니는 피상적이고 우스꽝스럽고 척박한 것으로서의 현대적 삶의 이미지를 보여주고 투사하는데 관심이 있었다. 이미지들로 이루어진 시퀀스들을 병치시킴으로써 펠리니는 현대적 삶의 붕괴를 거대한 로마의 정경과 대비시켜 극화하였고 질서가 붕괴되고 영혼이 피폐한 황무지의 모습을 우리에게 보여주었다.[3]

폴 틸리히에 의하면 "죄의 시작은 휘브리스, 곧 자만이지만 그 결과는 '콘큐피스켄치아' 곧 한없는 욕망이다."[4] 교만에서 시작해 한없는 욕망의 노예가 된 인간들이 등장하는 영화가 「달콤한 인생」이다.

영화 속에 아무도 어떤 일에 의미 있게 참여하지 않는다. 의미 없는 실존을 지속해 나갈 수가 없다고 생각해서 스타이너는 자살한다. 우리는 때로 욕망을 채우기 위해서 인생을 낭비하며, 삶에서 궁극적 의미를 찾으려는 노력을 하지 않는다. 펠리니는 달콤한 인생은 곧 낭비

---

3) 로버트 리처드슨, 이형식 옮김, 『영화와 문학』, 동문선, 2000, pp. 166-167, pp. 155-156.
4) 김용규, 『데칼로그』, 포이에마, 2015, p. 269에서 재인용

된 인생이지 않겠는가를 생각하게끔 해준다. 주인공은 삶이 의미 없다는 깊은 의식은 갖고 있으나 교묘하게 달아나는 달콤한 인생을 계속 꿈꾸면서 살아갈 것이다. 이 영화는 달콤한 인생은 아이러니하게도 달콤한 인생이 아니라고 외친다.

「해피 엔드」 - 마음에 친 블라인드

원제 : Happy End (2017)

감독 : 미카엘 하네케

수상 : 2018 Romy Gala, Austria Romy 최우수 촬영상 Christian Berger

2017 칸느 영화제 황금종려상 Nominee

줄거리

프랑스 칼레에서 삼대가 함께 사는 상류층 가족의 이야기로 부유한 사업가였다가 은퇴한 조르주 로랑(장 루이 트랭티냥)에게는 외과 의사인 아들 토마(마티유 카소비츠)와 건설회사 대표인 딸 안느(이자벨 위페르)가 있다. 이 로랑 가문에 엄마가 사경을 헤매면서 아버지의 집에 오게 된 토마의 딸 에브(팡틴 아흐뒤엥)가 합류한다. 치매를 앓는 조르주는 항상 삶을 끝낼 방법을 생각하고 있다. 토마는 재혼하여 아들을 두었는데 다른 여자와 야한 이메일을 주고받는다. 안느는 은행가와 약혼을 앞두고 있고 이해타산적인 인물이다. 안느의 아들 피에르가 유가족에게 폭행당해도 이를 유리하게 이용하려 한다. 가사일을 하는 이민자 부부는 집의 개가 딸을 물었지만 해고가 두려워 문제 삼지 않는다. 마지막 장면에서 조르주는 손녀 에브에게 바다 쪽으로 휠체어를 밀고 가도록 요청한 후 스스로 밀어 바다 속으로 들어간다. 「해피 앤드」는 상류층의 위선과 사랑의 결핍이 얼마나 끔찍한지와 현대 유럽 문명의 위기를 보여준다.

전개

13세인 에브는 어릴 때 오빠가 죽은 후 부모는 이혼했고 엄마는 우울증으로 딸을 방치해 충분한 사랑을 못 받고 컸다. 영화의 첫 장면이 에브가 어머니의 일상을 휴대폰에 찍어 SNS에 보고하는 장면이다. 두 번째 영상은 에브가 햄스터의 밥에 우울증 약을 섞어 주어 결국 햄스터가 죽어가는 장면을 보여준다. 세 번째 영상은 너희 어머니는 어떻게 딸하고 대화할 줄 모르느냐며 친구가 흉을 보는 영상이다. 네 번째 영상은 소파에서 자는 어머니의 영상인데 사실은 약에 취한 상태로 아이는 '구급차를 불러야겠다.'라며 영화 제목이 뜬다. 정확하게 묘사된 것은 아니나 엄마에게 과도하게 약물을 먹인 것도 에브일 것으로 짐작된다. 하네케 감독은 신문에서 일본의 14세 소녀가 어머니에게 독극물을 먹이고 어머니가 괴로워하는 모습을 촬영해서 생중계했다는 뉴스를 읽고 쇼크를 받아 이 에브라는 인물을 창조하였다.

그 다음 영상에서는 누군가가 사무실에 달린 CCTV 화면을 통해 공사 현장을 내려다보고 있다가 한쪽 벽면이 무너져 내리는 모습을 보고 황급히 뛰어나간다.

할아버지 조르주는 치매에 걸린 아내를 3년 동안 돌본 후 미리 상의한 대로 아내를 살해하였다. 그는 현재 치매를 앓고 있으며 자신의 삶을 어떻게 끝낼른지를 항상 생각한다. 그는 휠체어를 탄 채 지나가는 난민들에게 다가가 총을 구할 수 있냐고 묻고 난색을 표하자 자신이 찬 값비싼 시계를 주면서 총을 달라고 했다가 거부당한다. 그는 이발사를 불러 이발하며 자신을 죽여주면 상당한 보상을 하겠다고 제안하지만 거절당한다.

토마는 에브의 어머니와 이혼한 후 아나이스와 재혼하여 아들을 두었다. 토마는 숨겨진 연인 클레어와 종종 새디스트적인 이메일을 나눈다. 조르주가 차로 나무를 들이받았으나 다리만 부러진 자살 시도 후에 토마는 전혀 염려하는 태도를 보이지 않는다. 에브는 아빠가 또 이혼하지 않을까 불안해한다. 해변가에서 에브가 아빠에게 아나이스를 버리실거냐고 물었을 때 토마는 아나이스를 어떻게 만났는가를 이야기하려 한다. 그는 딸과 진정으로 소통하지 못한다. 에브는 아빠가 아내들과 클레어, 아마도 자신까지도 사랑하지 않을 거라고 생각한다.

안느는 영국인 은행가와 결혼할 예정이다. 안느의 아들 피에르는 인정받기를 원하지만 어머니의 기대만큼 똑똑하지 않기에 스스로를 부족하게 여기는 인물로 어머니의 건설회사에 근무하고 있다. 최근에 공사장에서 노동자의 사망 사고가 발생한다. 사고 후 그는 문제를 해결하러 갔다가 유가족에게 얻어맞고 어머니와의 사이도 멀어진다. 안느는 유족에게 진정으로 사과하기보다는 유리하게 해결하는 데에만 신경을 쓴다. 안느의 이중성에 분노한 피에르는 집을 나간다. 그러나 피에르 역시 자신의 무능을 어머니 탓으로 돌리는 부적응자이다.

이 상류계급의 가족에게는 집안일을 도와주는 라시드와 자밀라 부부가 있다. 이들은 이민 온 사람들로 집에서 키우는 개가 라시드의 딸을 물었지만 해고 될까봐 그 일을 문제 삼지 않는다. 안느는 라시드의 딸에게 초콜렛을 주며 초콜릿을 먹으면 아프지 않으리라고 말한다. 이들 가족은 기본적으로 타인의 고통에 감정 이입할 수 없다. 피에르는 어머니의 위선을 폭로하기 위해서 할아버지의 생일 때 자밀라를 모로코에서 온 우리의 보석이자 노예라고 소개했다.

피에르는 안느의 약혼식에 난민들을 하객으로 데려온다. 안느는 테이블을 마련해주고 예의를 갖춰 행동하지만 진정으로 받아들인 것은 아니다.

영화의 마지막 장면은 할아버지의 자살 장면이다. 할아버지는 손녀 에브에게 바다 쪽으로 휠체어를 밀고 가도록 요청한 후 에브가 더 이상 밀어주지 않자 스스로 밀어 바다 속으로 들어간다. 할아버지는 물이 가슴까지 잠겼는데 가만히 있으며, 토마와 안느가 놀라서 뛰어가는데 에브는 놀랍게도 이 장면을 촬영하고 있다.

미카엘 하네케 감독은 「해피 앤드」에서 난민 문제가 극심한 프랑스

칼레의 냉담한 부르주아 가족을 통해 '감정적 블라인드를 닫고 사는 현대인의 폐쇄적인 모습'을 담았다. "요즘 사람들은 자기 보호 본능이 너무 뛰어난 나머지 지나치게 폐쇄적이다. 리얼 라이프를 외면하는 '장님 같은' 사람들을 그리고자 했다."

'해피 앤드'가 반어적 제목이라는 지적에 대해, 하네케 감독은 "해석은 각자의 몫이다. 내가 살아온 삶을 기반으로 영화를 만들어, 관객들이 각자의 답을 찾게 하는 것이 영화감독의 의무라고 생각한다. 대부분의 예술가들처럼 나도 이 세상을 위한 유토피아적인 해결책을 찾기 위해 고군분투하고 있다. 아무런 희망도 없으면서 신랄한 영화를 만드는 건 관객을 고문하려는 의도밖에 안된다. 엔터테인먼트 산업은 사람들을 자꾸 멍청하게 만들어서 사고라는 걸 못하게 하잖나. 그럴수록 영화가 더 치열해져야 한다고 생각한다."[1] 하네케는 「하얀 리본(2009)」과 「아무르(2012)」로 칸느 황금종려상을 두 번 받았다. 「피아니스트(2001)」로 칸느 심사위원 대상을 받았고, 「히든(2005)」으로 칸느 최우수 감독상을 받았다.

감상

"2023년 6월 27일 경찰 검문을 피해 달아나다 총격으로 숨진 알제

1) 중앙일보, 2017. 5. 26. 인터뷰기사.

리계 프랑스 청소년 나엘의 장례식이 열린 1일 파리 북서부 낭테르시의 풍경은 전쟁터를 연상케 했다. 28일부터 시작된 폭력시위는 전국 50여 도시로 확대되었다. 똘레랑스의 나라 프랑스가 이민 부작용으로 몸살을 앓고 있는 것이다. 한때 프랑스의 성장 동력이었던 관대한 이주민 정책이 이들의 사회 융합으로 이어지지 못하면서 이주자 집단의 불만이 점점 더 과격한 모습으로 분출되는 상황이다. 이들은 빈곤, 저학력, 실업의 문제를 안고 '2등 시민'으로 차별받으며 도심 외곽의 저소득층 주거단지인 '방리유(banlieue:외곽)'에 모여 산다. 뉴욕 타임지는 '이번 사건은 많은 이민자를 받아들이면서도 융합시키는 데는 실패한 프랑스의 뿌리 깊은 문제를 다시 드러냈다.' 가디언은 '이번 폭동의 분노는 자유 · 평등 · 박애 라는 프랑스의 정신 그 자체를 향하고 있다.'며 '방리유에 소외돼 사는 인구의 상당수는 이런 이상이 자신에게는 적용되지 않는다고 느끼거나 단순히 거짓말이라고 생각한다'고 분석했다."

— 조선일보, 2023. 7. 3. '이민 정책의 그늘, 프랑스를 덮치다'

이 영화는 단순히 한 상류층 가족의 파탄을 다룬 영화가 아니라, 윗세대와 현재 세대와 미래 세대에 이르는 세 세대들이 갖는 모순들과 세대 간의 소통의 불가능함과 소원함을 그리고 있다. 영화의 중심 주제는 가족의 서로로부터의 분리와 서로에 대한 사랑의 결핍이다.

에브는 왜 엄마를 죽였을까? 에브는 현재의 자기의 불행이 엄마 때문이라고 생각하고 아빠와 부유한 가정에서 살기를 바랐을 것이다. 그런 에브가 아빠 집에 온 후 우울증 약을 먹고 자살 시도를 한다. 에브에게는 타인을 죽이고 싶은 충동과 함께 자기파괴 충동이 결합되어 있다. 조르주가 아이에게 "너 왜 자살 시도를 했니?"라고 물어보았을 때, 에브는 어렸을 때 아버지가 엄마를 떠났을 때, 엄마는 자신을 여름 캠프에 보냈고 캠프의 친구에게 신경안정제를 주었던 일이 탄로 나서 쫓겨났다고 이야기한다. 에브의 자살 소동의 원인은 아버지였다. 에브는 엄마가 아빠에게 버려졌듯이 나도 버려질 수 있고 보육원에 맡겨질 수 있다고 생각했던 것이다. 조르주는 큰 새가 작은 새를 찢어 죽이고 둘 다가 차에 의해 쓸려 나가는 광경을 봤을 때 얼마나 끔찍했는가를 에브에게 말한다. 그가 지적하는 점은 현실은 그것을 매개하는 이미지들이 그런 것보다 훨씬 더 정신적 충격을 준다는 것이다.

핵심 세대인 토마와 안느에게는 모두 위선적인 모습이 보인다. 이들은 겉으로는 친절하지만 속으로는 문제를 많이 안고 있다. 토마는 딸에게 진정으로 따뜻하게 대하는 장면이 없다. 결국 에브는 사랑받는다는 확신을 갖지 못해 자살 소동을 벌린다.

안느는 공사장 사고 후 평소 무능하다고 못마땅해 하던 아들 피에르에게 유족 집을 찾아가라고 하였다. 피에르가 맞고 돌아오자 안느는 "그렇게 맞았으면 경찰에 신고해야지."라고 말한다. 안느는 폭행 사실을 들어 유족 측에게 합의를 종용한다. 토마와 에브에게서 부녀

관계의 파탄을, 그리고 안느와 피에르에게서 모자관계의 파탄을 볼 수 있다.

마지막 장면에서 아무 관련 없는 난민들도 총을 달라니까 거부하는데, 손녀는 할아버지가 바다로 밀어 넣어 달라니까 밀어주고 촬영을 한다. 안느가 급하게 뛰어가면서 '이 아이가 지금 이걸 촬영하고 있는거야?'라는 표정으로 놀라 돌아본다. 미래 세대에는 희망이 더 안 보이는 것이다. 타인의 죽음에 방조하고 심지어 그 장면에 냉혹하게 카메라를 들이미는 것이 미래 세대의 모습이다. 사랑이 결여된 대가족의 끔찍한 모습을 볼 수 있다.

"내가 인간의 여러 언어를 말하고 천사의 말까지 한다 하더라도 사랑이 없으면 나는 울리는 징과 요란한 꽹과리와 다를 것이 없습니다." I 고린도 13:1

|사회학적 시선|

규범에의 동조와 이방인

동조

우리는 빨간 신호등에 서고 파란 신호등에 건넌다. 사회적 규범이란 집단 내 사람들이 옳고 적절한 것으로 동의하고 승인한 사고나, 느낌이나, 행동 방식들이다. 사회는 그 구성원들이 시인된 규범을 지키도록 여러 가지 방안을 마련해 놓는다. 가장 광범위하게 이루어지는 것이 사회화 과정을 통해 규범을 내면화시키는 것이다. 우리는 주위의 사람들과 맞추어 나가야 된다는 압력을 느끼는데 이 같은 현상을 동조(conformity)라고 부른다.

솔로몬 애쉬는 1951년 동조에 관한 유명한 실험을 했다. 피험자들에게 주어진 선과 가장 길이가 흡사한 선을 선택하도록 하는 지각 실험에서 실험협조자들이 피험자들에 앞서 명백하게 틀린 답을 만장일치로 제시했을 때 피험자의 75%는 적어도 한 케이스에서 틀린 답을 따라갔다.[1)]

또 다른 유명한 사회 심리학 실험으로 스탠포드 대학의 필립 짐바르도 교수가 실시한 감옥 생활의 연구가 있다.[2)] 17세에서 30세의 남

1) Robert A. Baron and Donn Byrne, *Social Psychology: Understanding Human Interaction*, Boston: Allyn and Bacon, Inc., 1981, p.232.

성 자원자들은 무작위로 일부는 간수로 또는 죄수로 할당되었다. 죄수들로 선정된 이들은 집에서 갑작스럽게 경찰에 의해 체포되어 지문을 찍고 심리학과 빌딩의 지하실에 마련된 창살 있는 감방으로 연행되었다. 이들은 소지품을 빼앗기고 죄수복을 입고 감금되었다. 이들 죄수들과 간수들은 자신에게 주어진 역할에 너무 몰두한 나머지 죄수들의 반항이 있을 것이라는 소문에 간수들은 죄수들을 가학적으로 다루었고 반면에 죄수들은 위축되고 심리학적인 불안 징후들을 보여 연구자는 연구가 시작된 지 6일 만에 연구를 중단할 수밖에 없었다.

다수의 의견을 따르는 것이 항상 옳은 일인가? 독일에서 유대인을 학살한 만행을 저지른 히틀러는 실제로 정상적인 선거에 의해 권좌에 올랐다. 에리히 프롬은 『자유로부터의 도피』에서 근대사회에서 주어진 새로운 자유는 사람들의 마음에 불안과 무기력, 의심과 고독, 두려움을 일깨우며 개인들은 자유를 견디지 못하고 권위주의로의 도피, 파괴로의 도피, 순응으로의 도피를 하려 한다고 주장하였다. 권위주의로의 도피는 권위에 복종하거나 권위를 행사하는 방법이다. 두 번째는 타인을 파괴하려 한다. 세 번째는 자신의 정체성을 완전히 포기하고 문화가 제공하는 이미지에 부합하려고 애쓰는 것이다. 즉 사회가 공유하는 스테레오타입적 지식을 저장했다가 무의식적으로 그에 맞게 행동하는 것이다.[3] 세 가지 모두 문제가 된다.

2) Eliot R. Smith and Diane M. Mackie, *Social Psychology*, Worth Publishers, 1995, pp. 57-58.

아노미(Anomie)

한 사회가 도덕적 질서를 규제할 능력을 상실하였을 때, 그리고 규범의 명확한 정의가 결핍되었을 때, 개인들은 그들을 인도할 지침을 갖지 못하고 세상에서의 자신의 위치에 대해 만족감을 느낄 수가 없게 된다. 이럴 때 욕망과 욕구들에 대한 규제가 느슨해지면서 사회학자 뒤르케임이 주장하듯이 아노미가 발생한다.[4] 아노미는 이처럼 규제하는 규범의 결핍 상황이다. 규범은 사회적 차원에서 중요할 뿐 아니라 개인의 윤리나 삶의 태도와도 깊숙이 관련되어 있다.

이방인과 아모르 파티

우리가 카뮈의 『이방인』을 읽으며 충격받는 이유는 주인공이 엄마가 돌아가신 후 슬픔의 감정으로 동요되거나 눈물을 흘리지도 않고, 여자친구와 극장에 가는 등 지극히 평온한 일상을 보낸다는 것이다. 그는 또 해변에서 시비에 휘말려 처음 만난 아랍인을 강렬한 태양 아래 특별한 이유 없이 살인한다는 점이다. 이는 사회적 규범과 어긋나는 일이다.

주인공 뫼르소는 타인의 감정에 무관심하다. 뫼르소는 관례나 관습에 이의를 제기하고 현재의 순간에 삶의 감각과 가치를 발견하고자 한다. 그는 항소도 거부하고 우연과 모순으로 점철된 인간의 운명을 기꺼이 짊어진다. '정오의 사상'이라고 이름 붙은 '인간적 한계 안에서의 현세

---

3) 옌스 푀르스터, 장혜경 옮김, 『에리히 프롬』, 아르테, 2019, pp. 207-209.

4) Tony Bilton et al., *Introductory Sociology*, London: The MacMillan Press Ltd., 1983, p. 615.

적 삶에 대한 강렬한 사랑'은 다른 말로 '지중해 정신'이라고도 한다.[5] 카뮈는 니체의 운명애(amor fati)[6]를 자신만의 방식으로 받아들였다.

"밤과 대지와 소금의 냄새들이 내가 있는 곳까지 올라오고 있었다. 잠든 여름의 그 기적 같은 평화가 물결처럼 나의 내면으로 밀려들고 있었다. 그 순간, 그 밤의 끝에서 사이렌 소리들이 요란하게 울렸다. 그 소리들은 이제는 영영 나와 무관한 어떤 세상으로의 출발들을 알리고 있었다. 아주 오랜만에 처음으로 엄마 생각이 났다. 나는 엄마가 무엇 때문에 한 생애의 끝에 가서 '약혼자'를 만들었는지, 무엇 때문에 다시 시작하는 놀이를 했는지 이해할 것 같았다. 거기, 목숨들이 꺼져 가는 그 양로원 주변, 거기서도 마찬가지로 저녁은 우울한 휴식과 같았다. 죽음에 임박해 있던 엄마는 거기서 분명 해방감을 느꼈고 모든 걸 다시 살아갈 준비가 되었음을 느꼈다. 아무도, 아무도 엄마에 대해 눈물을 흘릴 권한이 없다. 그리고 나 역시, 나도 모든 걸 다시 살아갈 준비가 되었다고 느꼈다. 마치 신호와 별로 가득한 이 밤 앞에서 이 엄청난 분노가 내 고통을 정화하고 희망을 비워 내기나 한 것처럼, 나는 처음으로 세상의 다정한 무관심에 마음을 열고 있었다. 세상

---

5) 알베르 카뮈, 김진하 옮김, 『이방인』, 을유문화사, 2020, p.162.

6) amor fati는 "자신의 운명에 대한 사랑"으로 번역되는 라틴 어구이다. 그것은 고통과 상실을 포함해서 자신의 삶에서 일어나는 모든 것을 좋은 것으로 아니면 적어도 필요한 것으로 간주하는 태도를 기술하는 말로, 고통이나 상실은 인간이 그것을 좋아하건 싫어하건 필연적으로 삶과 존재의 사실들이기 때문이다. 아모르 파티는 자신의 삶에서 일어나는 사건들이나 상황들의 수용으로 특징 지워진다.

이 나와 아주 닮았음을, 결국 형제 같음을 경험함으로써 나는 내가 행복했었음을, 그리고 여전히 행복함을 느꼈다. 모든 게 완성되도록, 내가 외로움을 덜 느끼도록 하려면, 내게 남은 일은 나의 사형 집행일에 구경꾼이 많이 와 주기를 바라는 것, 그들이 증오의 함성으로 나를 맞이해 주기를 바라는 것뿐이었다."[7]

사형 전날 자신의 삶을 껴안은 그에게 전율이 느껴진다.

우리는 규범에서 벗어난 행동에 분노하지만, 규범에 의해 만들어진 틀에 맞춰 찍어 낸 듯한 삶-그것도 바람직하지 않기는 마찬가지다. 예술가들은 흔히 규범의 옥죄임에서 풀려나야 창조적 활동을 할 수 있는 것처럼 보인다.

영국 조각가 아니쉬 카푸어는 "예술가 뿐 아니라 현대인은 모두 아웃사이더"라고 말했다. 그는 "내 속에 갈등이 꽉 차 있었어요. 그래서 18년간 정신분석을 받기도 했지요. 미술을 택한 것도 같은 이유일 겁니다. 정신분석과 미술은 자기 내면을 들여다보고 갈등과 질문을 풀어내는 '성찰 과정'이라는 공통점을 가지고 있습니다."[8]

위선(hypocricy)

「해피 앤드」에서 토마와 안느의 위선이 지적되었다. 위선은 진짜 성

---

7) 알베르 카뮈, 김진하 옮김, 『이방인』, 을유문화사, 2020, pp. 144-145.
8) 조선일보, 제 27284호 "아니쉬 카푸어 인터뷰".

격이나 경향을 숨기고 덕이나 선의 거짓된 외양을 드러내는 계략이다. 영국의 정치철학자 데이빗 런시만에 따르면, "위선적 기만의 다른 종류들은 자신이 결핍한 지식을 주장하고, 자신이 유지할 수 없는 일관성을 주장하고, 자신이 소유하지 않은 충성심을 주장하고, 자신이 갖지 않은 정체감을 주장하는 것을 포함한다." 미국의 정치 저널리스트 마이클 거슨은 정치적 위선은 "공중을 속이고 정치적 이익을 얻기 위한 가면의 의식적인 사용"이라고 말했다.[9] 정치판에서 너무 쉽게 발견할 수 있다.

브리하드아란야까 우파니샤드[10]

쁘라자빠띠의 세 아들인 신들과 악신들 인간들은 청정범행의 학습기를 지내며 아버지인 쁘라자빠띠에게 머물렀다. 청정범행의 학습기를 지내자 신들이 말했다.

"존경스러운 분이시여, 저희에게 말씀해 주십시오!"

그러자 그들에게 이 '다'라는 음절을* 말했다.

"너희는 알겠느냐?"

"저희는 알겠습니다." 이렇게 대답했다. "저희에게 자제하라고 말씀하신 것입니다."

"그렇다!" 이렇게 말했다. "너희는 이해했구나!"

이에 이에게 인간들이 말했다.

---

9) "Hypocricy" *Scholarly Community Encyclopedia.*

"존경스런 분이시여. 저희에게 말씀해 주십시오!"

그러자 그들에게 이 '다'라는 음절을** 말했다.

"너희는 알겠느냐?"

"저희는 알겠습니다." 이렇게 대답했다. "저희에게 주라고 말씀하신 것입니다."

"그렇다!" "너희는 이해했구나!"

이에 이에게 악신들이 말했다.

"존경스런 분이시여. 저희에게 말씀해 주십시오!"

그러자 그들에게 이 '다'라는 음절을*** 말했다.

"너희는 알겠느냐?"

"저희는 알겠습니다." 이렇게 대답했다. "저희에게 자비를 베풀라고 말씀하신 것입니다."

"그렇다!" 이렇게 말했다. "너희는 이해했구나!"

그래서 천둥의 이 신성한 소리가 '다' '다' '다'라고 따라 말한다.

'너희는 자제하라!' '너희는 주어라!' '너희는 자비를 베풀라!'라고. 그러므로 자제, 보시, 자비 바로 이 셋을 배워야 한다. ⚡

*"다(da)"는 '너희는 자제하라'를 의미하는 원어 "담야따(damyata)"의 첫 번째 음절
**"다"는 '너희는 주라'를 의미하는 원어 닷따(datta)의 첫 번째 음절
***"다"는 '너희는 자비를 베풀라'를 의미하는 원어 다야드흐밤(dayadhvam)의 첫 번째 음절
(『황무지』 5장 천둥이 한 말)

10) 임근동 옮김, 『우파니샤드』, 을유문화사, 2012, pp. 721-723.

추상 226, 73×60㎝, oil on canvas, 1995

「산딸기」에서 이삭이 몇십 년 전 과거로 돌아가 첫사랑을 만나는 장면은 사무엘 베케트의 희곡 "크랩의 마지막 테이프"에서 69번째 생일을 맞은 크랩이 39세 생일에 녹음해 놓은 과거를 테이프로 재생시키면서 30년 전 그 여인이 마지막 진실한 사랑이었음을 깨닫는 장면을 연상시킨다. 크랩은 다음과 같이 중얼거린다. "아마도 내 전성기는 지나간 것인지도 모른다. 행복할 수도 있었는데. 그렇지만 되돌아가고 싶지는 않아."

VI 노쇠와 죽음

「영원과 하루(Eternity and a Day)」 - 죽음과 사랑, 영원히 잃어버린 시간에 대한 사색

원제 : Mia Eoniotita Ke Mia Mera (1998)

감독 : 테오도로스 앙겔로풀로스

수상 : 1998년 칸느 영화제 황금종려상

줄거리

시인 알렉산더(브루노 간츠)는 삶을 마무리하기 위한 마지막 여행길에 오른다. 딸의 집에 들러 딸이 아내 안나(이자벨 르노)가 썼던 편지를 읽는 동안 과거의 찬란했던 여름날로 돌아간다. 아들의 혼례식에 참여하고 있는 가정부에게 개를 맡기고 비를 맞으며 길을 떠난다. 알렉산더는 밀매조직에서 알바니아 소년을 구한다. 아이는 '코폴라(작은 꽃)'라는 노래를 부른다. 시간적 차원이 변환되어 19세기의 시인 솔로모스가 등장하는 꿈처럼 아름다운 장면이 펼쳐진다. 바닷가 옆 산책로에서 아이는 '세니띠스' 떠도는 사람이라는 시어를 가지고 왔다. 거리에서 사고가 났고 소년은 대장이었던 셀렘의 장례식을 치른다. 알렉산더는 요양병원을 방문해 어머니에게 작별 인사를 한다. 알렉산더와 소년은 신비한 버스를 탄다. 항구에 내려 소년은 "아르가디니(많이 늦었다)"라고 말하고 떠난다. 주인공은 운전 중 빨간 신호에 멈추어 죽음을 맞는다. 과거와 현실, 기억과 환상이 자유로이 교차하는 앙겔로풀로스 감독의 최고 작품이다.

전개

생의 마지막 순간을 예감한 시인 알렉산더는 마지막 여행을 떠난다. 딸의 집에 방문해 자신이 중병에 걸렸다는 사실을 숨기고 죽은 아내가 썼던 편지들을 전해 준다. 딸은 1966년에 쓰여진 편지를 읽는다. 딸이 편지를 읽는 동안 카메라가 알렉산더를 향하고, 어느 순간 그는 아내 안나의 목소리를 들으며 30년 전 찬란한 햇살이 비추던 여름날로 돌아간다.

앙겔로풀로스 감독은 이 장면을 아름답게 보여준다. 알렉산더가 서서 발코니 쪽으로 걸어가면서 커튼을 지나는 순간 카메라의 앵글이 바뀌면서 그는 과거로의 문지방을 넘는다. 그는 환한 햇빛 속에서 아내와 손잡고 있는 과거로 들어간다. 딸의 생일인 그날 친척들이 축하해 주러 와서 함께 배를 타고 주변의 섬에 소풍을 갔다. 아내는 "어떻게 해야 지금 이 순간을 영원히 붙잡아 둘 수 있는 거죠?"라고 묻는다. 이처럼 인생의 빛나던 과거의 하루 속으로 들어가는 신비로운 여행을 통해 알렉산더는 자신이 얼마나 일에만 파묻혀 중요한 것을 놓치고 살아왔는가를 느낀다. 그는 개를 맡아달라고 부탁하지만 딸은 거절하고, 사위는 해안가의 집을 팔았다고 이야기한다. 알렉산더는 아들의 혼례식에 참여하고 있는 가정부에게 개를 맡기고 길을 떠난다.

그의 차가 신호 때문에 서 있을 때 한 무리의 소년들이 다가와 차 유리창을 닦아주고 팁을 받아 갔다. 통증을 느낀 그는 약국에 들어갔다가 건장한 남자들이 거리에서 아이들을 강제로 잡아 트럭에 태우는 것을 보게 된다. 그는 차를 몰고 그 트럭을 쫓아간다. 아동 밀매 조직이 관광버스에서 내린 부유해 보이는 사람들에게 돈을 받고 아이들을 넘겨주고 있었다. 알렉산더는 거기서 아까 만난 아홉 살 가량 되는 알바니아 소년을 데리고 나오며 돈을 지불한다. 그는 자신이 미처 가족들에게 베풀지 못했던 사랑을 소년에게 베풀고자 한다. 그는 소년을 국경까지 택시에 태워 보내려고 근처 식당으로 가지만 아이는 '코폴라(작은 꽃)'라는 노래를 부른다. 알렉산더는 직접 차로 소년을 데리고 알바니아 국경까지 간다. 국경에 가서야 알렉산더는 끔찍한 현실을 목격하고 사정을 이해한다. 국경에는 도망치려던 소년들이 전기 철조망에 걸려 죽어 있었다. 소년은 대장인 셀렘의 인도로 죽을 고생을 하며 국경을 넘어온 얘기를 들려준다.

강물이 흐르고 있는 곳에서 시간적 차원이 변환되어 시인 솔로모스가 등장하는 과거의 아름다운 장면으로 들어간다. 솔로모스는 그리스

시인으로 10세 때 이탈리아에 유학을 갔다 돌아와 모국어의 시어(詩語)를 만나는 이에게 샀다는 이야기가 전해진다.

장면이 바뀌어 바닷가 옆 산책로에서 검은 옷을 입은 사람들이 산책하고 있다. 알렉산더는 벤치에 앉아 절망과 슬픔에 괴로워한다. 소년이 "다 알아요. 슬퍼서 그렇죠. 시어를 얻어다 드릴께요."라며 위로한다. 소년은 잠시 후 와서 "세니띠스" "떠도는 사람이에요."

다시 소년이 시어를 구하러 간 동안 알렉산더는 환영을 본 듯, 바닷가로 걸어가며 "안나, 어디야?" 중얼거린다. 딸의 생일 파티 날 배를 타고 섬으로 놀러 갔고, 배 위에서 어머니에게 다가가 말을 건넨다. 편지를 읽는 소리가 다시 들린다. 그들은 섬에 도착했고 모래사장 위에 모두 서 있다. 그는 섬을 돌아다니다 높은 곳에 올라가 지나가는 배를 향해 손을 흔들며 소리친다. 비행기가 날아간다.

다시 현실로 돌아온다, 사고로 아이가 죽었다고 사람들이 웅성웅성한다. 알바니아 소년이 바닥에 엎드려 울고 있다. "셀렘이었어요." 고속도로에서 죽은 아이가 셀렘이었다. 한 무리의 아이들이 모여 셀렘의 옷가지를 태우며 셀렘을 추모하는 장례식을 한다.

알렉산더는 어머니가 계신 요양 병원을 방문한다. 침대에는 치매에 걸린 어머니가 앉아 있다. 어머니는 일어나 창가로 가서 카텐을 들치면서 "알렉산더, 저녁 먹어야지."라고 말한다. 어머니가 카텐을 들치는 순간 다시 과거의 장면으로 돌아간다. 섬에서 어머니는 모래사장 위에 차려진 식탁에 홀로 앉아 있다. 그때 갑자기 소낙비가 와서 물놀

이하던 친척들은 황급히 동굴로 피한다. 그는 안나를 찾으러 다니다가 안나와 반갑게 만난다. 다시 현실로 돌아와 어머니는 "은으로 만든 나이프와 포크. 내 혼수 예물인데 어디 뒀는지 모르겠어."라고 중얼거린다. 그는 어머니를 침대에 눕힌다. "왜죠? 어머니. 왜 삶은 바람대로 안 되는 거죠? 왜 우린 무력하게 꿈만 가진 채 이대로 죽어가야 하는 거죠?" 그는 나가며 말한다. "주무셔요. 전 여태 사랑하는 법을 몰랐어요."

그가 밤거리를 걷고 있을 때 소년이 온다. 소년이 "오늘 떠날 거예요."라고 하자 알렉산더는 "배가 뜨기까지 아직 두 시간이나 있잖아. 나와 있어 줘."라고 한다. 소년의 "난 무서워요."라는 말에 그는 "나도."라고 한다. 그들은 길 건너편에 온 신비한 버스를 탄다. 마치 과거, 현재, 미래의 시간을 상징하는 듯 노란 우비를 입은 세 사람이 자전거를 타고 지나간다. '모든 영혼' 역에서 사람들이 우르르 우산을 들고 내렸다. 이때 붉은 깃발을 든 청년이 뛰어와 탔다. 그는 금방 잠이 들어 버린다. 이데올로기 추종자의 길 잃음을 의미하는 듯하다. 두 연인이 탔다가 말다툼하며 내리고, 음악가들이 버스에 타서 첼로와 바이올린을 연주하고 있다가 내린다. '고전' 역에서는 시인 솔로모스가 타서 시를 낭송한다. '아름다워라, 인생은' 알렉산더는 버스에서 내리려는 시인을 붙들고 "잠깐, 내일은 있는 거요?"하며 절실하게 묻는다.

항구에서 알렉산더와 소년은 버스에서 내리고 노란 우비를 입은 자전거 탄 세 사람이 지나간다. 그는 큰 기선들이 있는 곳으로 소년을 바래다준다. 소년은 "아르가디니! 많이 너무 늦었다."라고 말하니, 알렉산더가 웃으며 아이에게 동전을 준다. 밀항할 아이들은 콘테이너에 들어가고 다시 콘테이너는 천천히 큰 배 안으로 들어가고 문이 닫힌다. 소년이 떠난 후 주인공은 차를 운전하던 중 빨간 신호에 멈추어 선 후 죽음을 맞는다. 다시 신호가 푸른 불로 바뀌어도 그 차는 움직이지 않는다.

영화의 마지막 장면. 멈춰 섰던 차가 빨간 신호등에 출발하여 간 곳은 어린 시절에 살던 옛집이다. 문이 활짝 열리고 베란다에는 어머니가 유모차를 흔들고 있고 알렉산더와 사람들은 모두 바다를 바라보고 서 있다. 아내가 돌아서서 알렉산더를 보고 웃으며 걸어와 두 사람은 춤을 춘다. 서서히 다른 사람들도 주변에서 춤을 추고 있다.

알렉산더가 아내에게 "병원엔 안 갈꺼요. 절대로. 내일 할 일이 있소. 난 내 일을 마저 할꺼요."라고 말한다. "내일, '내일'이란 뭐지?" 라고 묻자 과거에서 온 아내가 "내일이란 영원하고도 하루."라고 말한다. 알렉산더가 말한다. "난 이 하루의 영원으로 내 말을 가지고 돌아왔소. 당신에게로. 모든 건 진실을 위한 기다림일 뿐. 진실을 위한…"

알렉산더는 파도가 넘실대는 바다를 향해 외친다. "코폴라" "세니띠스" "에르호(나)" "아르가디니" 멀리서 "알렉산더"하고 어머니가 부르는 소리가 파도 소리에 실려 들려온다.

감상

늙어[1] — 라이너 쿤체

땅이 네 얼굴에다 검버섯들을 찍어 주었다

잊지 말라고

네가 그의 것임을

『나니아 연대기』를 쓴 영국 작가 C. S. 루이스는 '바다의 파도 끝에 물이 잠깐 멈추는 순간이 우리의 인생'이라고 말했다. 알바니아 소년과의 만남과 그와 함께 한 짧은 여정을 통해 죽음을 앞둔 시인은 삶의 의미를 깨닫게 된다. 이때까지 시와 문학의 세계에서만 살아왔던 시인은 알바니아 난민 소년을 통해 아동 매매라는 어두운 현실을 목격한다. 그는 소년이 왜 알바니아 할머니 집으로 돌아가기를 거부했는지 국경에 가서야 그 진실을 알게 된다. 그러나 신비한 버스에 타서 내내 잠자고 있던 혁명의 깃발을 든 사람을 생각해 보면 희망을 걸기는 힘들 것으로 보인다.

알바니아 난민 소년이 알렉산더에게 가져온 세 가지 시어들은 알렉산더의 삶을 어느 정도 요약해 주는 것이며 영화의 메시지이기도 한다. 또한 깨달음을 가져다준다.

1) 라이너 쿤체, 전영애 · 박세인 옮김, 『나와 마주하는 시간』, 봄날의 책, 2019, p. 89.

'코폴라 무(korfoula mou)'는 사랑에 대한 깨달음이다. 코폴라(korfoula)는 작은 꽃을 의미하며 엄마가 아이를 사랑스럽게 지칭하는 말이다. 인간 삶의 진실이란 서로가 서로에게 '코폴라 무'가 되어 주는 것이다.

알렉산더는 치매에 걸린 어머니에게 "왜 삶은 바람대로 안 되는 거죠? 왜 우린 무력하게 꿈만 가진 채 이대로 죽어가야 하는 거죠?" 묻는다. 이 질문은 인간이라면 누구나 품고 있는 가슴에 사무치는 질문이다. 그는 뒤이어 "전 여태 사랑하는 법을 몰랐어요."라고 후회의 마음을 전한다. 알렉산더는 마지막 여행에서 만난 소년과의 깊은 인간적인 유대관계를 통해 죽음을 앞두고 느껴지는 두려움과 공포에서 벗어날 힘을 얻는다.

'세니띠스(xenitis)'는 인간 존재에 대한 성찰이다. 이방인을 뜻하는 세니띠스는 은유적으로 모든 것으로부터의 고립, 소외감, 추방됨을 의미한다. 우리 모두는 삶과 죽음 사이에서 이방인이고 떠도는 사람으로 이 땅은 우리가 영원히 거주할 곳이 아니라 잠시 머물렀다 가는 곳이다.

'아르가디니(argathini)'는 시간에 대한 깨달음으로 '밤이 너무 늦었다'는 의미로 한 사람의 생애의 황혼을 은유적으로 표현하는 말이다. 왜 항상 우리는 지난 뒤에야 깨닫는 것일까? 그러나 하루일지라도 영원히 존재할 수 있는 시간의 의미를 깨달아야 한다.

감독은 시간적 차원에서 모든 것이 길게 연속선처럼 늘어 서 있는 것이 아니라 순간 속에 영원이 존재함을 이야기한다. 과거는 현재와 단절된 것이 아니라 항상 유기적으로 연결되어 있으며 동시에 존재하는 것이기도 하다는 시간에 관한 독특한 철학을 담아냈다.

"우리는 잃어버렸다가 다시 찾았지만, 다시 또 잃어버렸던 것을 회복하기 위해서, 화해하기 위해서, 되찾기 위해서 다시 여행을 시작한다. 끝이 있는 곳에 시작이 있다. 우리의 모험은 언제나 새로운 시작이다."

— 앙겔로풀로스가 인터뷰에서 인용한 T.S. 엘리엇

「산딸기(Wild Strawberries)」 - 삶의 의미

원제 : Smultronstaellet (1957)

감독 : 잉마르 베리만

수상 : 1958년 베를린 영화제 황금곰상

줄거리

이삭 보르그 교수(빅토르 시에스트룀)는 며느리(잉그리드 툴린)와 함께 자동차 여행을 한다. 명예박사 학위를 수여 받으러 가는 중이다. 그는 여름 별장을 방문하고 거기서 산딸기를 통해 과거의 한 장면을 엿보게 되고 첫사랑 사라(비비 안데르손)도 자신을 좋아했음을 알게 된다. 젊은 사라와 두 명의 젊은이가 동행한다. 중간에 항상 싸우는 알만 부부를 태우기도 한다. 꿈을 꾸는데 꿈속에서 심문이 이루어진다. 처음에 사라가 거울을 들이대며 등장하고 그 다음으로 전공 분야의 시험에서 떨어진다. 아내의 부정을 용서하지 못한 이삭은 아내로부터 무정함, 이기주의로 고소당한다. 벌은 외로움이다. 따뜻함을 불어넣어 주었던 젊은 사라 일행은 떠난다. 아들과 화해하고 집으로 돌아온 그는 마지막 꿈에서 어린 시절로 돌아간다. 베리만 감독은 인간이 죽음과 마주하여 자신의 삶을 돌이켜 보며 갖는 회한의 고통 속에서도 행복한 어린 시절의 이미지들을 통해 정신적 평화를 찾는 과정을 잘 그려내었다.

전개

산딸기는 화창한 여름날과 생명의 부활을 의미한다. 한평생 의사로 살아온 78세의 이삭 보르그 교수는 룬트에서 명예박사 학위를 수여받기로 되어 있다. 그날 새벽 그는 악몽을 꾼다. 시침과 분침이 없는 시계가 등장하고, 마부가 없는 장의 마차의 바퀴가 가로등에 부딪쳐 삐그덕 거리다가 관이 튕겨져 나오는데 그 안에 있는 인물은 놀랍게도 자기 자신이다. 그의 꿈은 그의 시간이 죽음에 가까워졌다는 상징이고, 이 장면은 영화의 핵심이다. 죽음에 대한 극도의 공포와 두려움을 안고 있는 인간과 그것을 구원해 줄 수 없는 신의 무기력을 초현실주의적으로 그리고 있다. 그렇지만 인간은 죽음의 공포에서 벗어나야 한다. 살아가는 것은 일종의 실험, 모험이니까. 알 수 없는 공포를 느낀 그는 비행기 대신 자동차로 가기로 결심한다. 며느리 마리안느도 남편 에발트를 만나기 위해 여행에 동행한다.

이삭은 가는 길에 어린 시절에 자주 들리던 여름 별장을 방문하고 거기서 산딸기를 발견하면서 과거 속으로 들어가 생생하게 과거의 한 장면을 엿보게 된다. 첫사랑 사라가 산딸기를 따러 바구니를 들고 등장한다. 이삭이 부엌의 문을 열자, 과거의 사라와 샤르로타의 대화를 듣게 된다. 자신이 사랑했던 사라 역시 자신을 좋아했지만 자신이 소극적인 탓에 적극적인 형 지그프리트를 선택했다. 일생 동안 이삭은 그녀를 가슴에 품고 살아왔다. 그는 공허한 슬픔에 잠겼다가 현실로 돌아온다.

그런데 우연히도 이 집에 현재 살고 있는 사라라는 이름을 가진 젊은 처녀와 두 명의 젊은이가 이탈리아로 가는 중이라며 동행하게 된다. 그는 두 남자를 거느린 젊은 사라에게서 자신의 젊은 시절을 보는 듯하다.

그들은 가는 도중 싸움을 하는 부부를 태우게 된다. 남편 알만은 아내에 대해 매번 신랄한 비판을 한다. 알만의 조롱과 비난에 견디다 못해 아내가 남편의 뺨을 때린다. 이들은 이삭의 무의식을 자극하며 이후 이삭의 꿈에서 두 사람은 다시 나타난다.

한적한 시골길 풍경이 나오며, 이삭은 이곳에서 처음 의사 생활을 시작했던 젊은 시절을 떠올린다. 주유소에 들리자 소시민으로 만족하며 살아가는 젊은이(막스 폰 시도우)가 등장한다. 출산을 앞둔 이들 부부는 과거의 고마움의 표시로 휘발유 값을 받지 않는다. 이삭은 가늘게 뜬 눈과 떨리는 입술로 감동에 젖은 모습을 보이며 삶이 어떻게 따뜻해지는지를 우리에게 보여준다.

이삭 일행은 전망 좋은 장소에서 점심 식사를 하며 담소하는 시간을 갖는다. 이삭은 오랫만에 근처에 사는 어머니를 찾아간다. 90세인 어머니는 삶의 활기를 잃고 '춥다'란 말을 통해 자신이 차갑게 얼어 있음을 은유적으로 표현한다. 이삭은 어머니와 사진첩을 보며 어린 시절을 돌아본다. 여기에서도 시침이 없는 시계가 나오는데, 이는 이삭의 기억을 끌어내는 더 이상 존재하지 않는 시간이며 영원성을 상징한다.

이삭은 젊은 사라의 관심을 받으면서 조금씩 따뜻해지기 시작한다. 날씨가 변해 갑작스럽게 비가 쏟아진다. 비는 무서운 꿈으로 건너가는 다리가 되어 이삭은 이번에도 꿈을 꾸게 된다.

어두운 하늘에 검은 새가 날아가는데 이는 위협을 상징하는 영상이다. 꿈속에서 간 곳은 심문이 이루어지는 곳이다. 사라가 이삭에게 거울을 들이대며 본 모습을 볼 것을 요구한다. 베리만 영화에서 거울은 받아들이길 꺼리는 진실을 의미한다. 사라는 나무 밑 요람 옆으로 가고 이삭은 요람 안의 아기를 들여다본다. 아기는 적대적인 환경을 이겨내야 하는 삶의 상징이다. 사라는 방으로 가서 피아노를 치고 형이 등장해 사라를 껴안는다. 이삭은 사랑을 쟁취한 형의 승리를 인정해야 한다고 느낀다. 자신만의 사랑을 찾아야 했었다. 처연한 달빛이 이삭을 인도하고, 이삭은 벽에 기대어 서 있다가 자신도 모르게 손을 못 위에 대서 찔려 상처가 난다. 이삭 자신의 절박한 고통을 의미한다.

알만이 문을 열고 냉혹한 인간의 화신처럼 등장한다. 장소는 대학 강의실이고 이삭은 전공 분야의 시험을 치른다. "귀하는 현실의 삶을 고찰할 수 있는가?" 또 "실제로 인간관계를 잘할 수 있는가?"를 질문받는다. 환자들의 개인적 삶에 전혀 관심을 두지 않았던 그는 과거에 자신이 냉정하게 진단했던 것처럼 냉정한 평가를 받는다. 한 환자에 대해 진단해 보라는 과제가 제시되는데, 환자 역으로 등장한 알만의 아내인 베릿은 처음에는 죽은 듯 고개를 떨구고 있다가 나중에는 미친 듯이 웃기 시작한다. 이 같은 오싹한 은유는 인간적으로 소통하지 못하는 이삭의 무능력을 상징한다. 이삭은 시험에 떨어진다.

이삭은 자신의 아내로부터 고소당하는데 죄목은 무정함, 이기주의, 냉혹함이다. 인간성의 회복을 위한 이삭의 두 번째 시련이다. 그는 매우 기묘한 지역을 지나가게 되는데, 이 장면의 혼돈을 촬영하기 위해 실제로 뱀 2-3백 마리를 풀어 놓았으며 뱀들은 땅속 구멍으로 전부 사라졌다고 한다. 이삭의 아내 역은 상대를 비꼬는 듯한 거만한 얼굴이다. 이삭은 동료 의사가 아내와 밀회하는 순간을 숨어서 지켜본다. 아내의 부정을 용서하지 못한 이삭은 아내에게 냉혹하게 대했다. 그렇지만 그가 사라를 잊지 못한 것은 일종의 정신적 배신이다. "난 어떤 벌을 받소?"라고 묻자, 흔한 벌인 "외로움"이라는 답이 온다.

이삭은 며느리에게 꿈에 대해 이야기하고 마리안느도 자신의 문제를 털어놓는다. 에발트는 마리안느가 임신 사실을 알리자 냉정하게 아이를 택하든지 자신을 택하든지 선택하라고 말했다는 것이다.

명예박사 학위 수여식이 끝나고 젊은 사라와 친구들은 떠나는데 이들은 따뜻함과 생동감을 주는 존재들이다. 사라 일행은 떠나기 전 창밖에서 세레나데를 부르며 외친다. "사랑해요. 오늘도, 내일도, 영원히." 빛이 사그라들고 어두움이 다가온다. 이삭은 아들과 화해하고 함께 외출하는 며느리에게도 사랑으로 대한다.

이삭은 집에 와서 잠자리에 들었고 꿈에서 어린 시절로 돌아간다. 누구나 가장 마음에 남는 것은 어린 시절이다. 여름날 여름 별장에서 아버지를 찾는 이삭을 사라는 방파제로 데려간다. 아버지가 낚시하는 장면은 한 폭의 그림과도 같다. 이삭은 부모를 찾음으로서 자신의 뿌리에로 돌아왔다. 이삭의 얼굴이 클로즈 업 된다. 이번에는 두려움으로 깨어나는 것이 아니라 세상 그대로를 받아들인다는 듯이 눈을 뜬다. 깨달았기 때문이다. 그의 얼굴은 마치 어느 다른 실재로부터 반사되는 듯이 알 수 없는 빛으로 빛났다. 주인공은 하루 동안에 일어난 일들과 과거의 회상과 꿈들을 통해 인생이 아름다웠음을 인식하고 정신적 평화를 얻어 고요하게 죽음을 맞이한다.

베리만 감독은 배우이자 감독인 당시 79세였던 빅토르 시에스트롬이 자신의 경험을 쏟아부음으로써 그 영화를 자기 영화로 만들었다고 말하였다.

이 영화는 베리만 감독이 불과 39세의 나이에 완성한 영화로 그 젊은 나이에 어떻게 그렇게 인생, 사랑, 죽음에 대하여 치열하게 자아성찰을 하는 영화를 만들었을지 놀랍다.

부모님과 사이가 안 좋았던 베리만은 깐깐하고 메마른 아버지를 닮은 이삭이라는 인물을 창조하였는데 그것이 바로 자신이었노라고 고백했다. 이 영화가 아주 강렬한 것은 감독이 주인공의 성격을 아주 잘 파악했기 때문이다.

베리만은 자신이 서로 냉랭한 아버지와 어머니 사이에서 어린 시절을 보냈다고 회상했다. 그의 아버지 목사 에릭은 강압적인 방식으로 가족을 이끌어 갔으며, 베리만은 그러한 아버지를 싫어한다고 선언했다. 베리만은 "지금도 어떻게 「산딸기」가 만들어졌는지 모르지만, 난 나의 부모들에게 항변하고자 했다. 나는 그들이 나를 봐주고 이해해 주길 바랐다." 「산딸기」는 그의 불행한 추억을 재생하고자 하는 하나의 시도였다. 영화에서의 아버지와 아들의 화해는 실생활에서는 이루어지지 못했다.[1)]

감상

"무덤에 걸터앉은 채 태어나면, 순간적으로 빛이 잠깐 스치고,
곧 다시 밤이 되지."

— 베케트의 『고도를 기다리며』

「산딸기」는 로드 무비로 주인공 이삭이 명예박사 학위를 받으러 가

1) 「산딸기」 DVD의 피터 코위의 코멘터리를 참조함.

는 여정에서 만나는 사람들과 경험이 그를 변하게 한다. 「산딸기」는 아주 밝은 결말을 맞이한다. 두 명의 사라가 마음을 풀어 주었다. 과거로의 여행은 자신의 삶과의 화해의 길을 열어 주었다. 그는 과거로 돌아가 잃었던 사랑을 되찾았다. 옛사랑 사라는 그에게 필요한 연민과 용기를 주었다. 젊은 사라와의 만남은 따뜻함에 손을 내밀게 했다. 창밖에서 "사랑해요. 오늘도, 내일도, 영원히"를 외치는 장면은 너무 정겨워서 가슴 뭉클해지는 장면이다. 두 명의 사라역의 비비 안데르센은 극단 배우로 출연 당시 21세였으며 청초하고 순결하고 이해심이 많아 완벽한 여인상에 부합한다.

「산딸기」에서 이삭이 몇십 년 전 과거로 돌아가 첫사랑을 만나는 장면은 사무엘 베케트의 희곡 "크랩의 마지막 테이프"에서 69번째 생일을 맞은 크랩이 39세 생일에 녹음해 놓은 과거를 테이프로 재생시키면서 30년 전 그 여인이 마지막 진실한 사랑이었음을 깨닫는 장면을 연상시킨다. 크랩은 다음과 같이 중얼거린다. "아마도 내 전성기는 지나간 것인지도 모른다. 행복할 수도 있었는데. 그렇지만 되돌아가고 싶지는 않아." 우리는 과거 회상을 통해 일어났던 사건의 실체를 보고 잃어버린 것을 돌이켜 생각해 본다.

꿈에서 심문이 일어나는 장소는 자아 성찰이 일어나는 장소이다. 이삭은 환자들을 냉정하게 대했었지만 이제는 거기 앉은 사람들에 의해 평가당한다. 아내의 불륜을 마음에 담아 두고 아내에게 심적 고통을 가했던 그는 아내에게서 무정함으로 고소당한다.

현대 영화에서는 주관성과 객관성 사이의 경계를 허물어뜨리는 장치로서 꿈, 환각, 환영, 예고 없이 나타나는 기억들과 현재와 과거와 상상적 시간 사이의 혼합 효과를 만들어 내는 시간적 장치들이 사용된다.[1] 이 작품에서 베리만은 인간의 사랑과 증오, 삶과 죽음이라는 테마를 다루면서 현실과 환상의 경계를 넘나들고 시간과 공간을 자유롭게 오간다.

「산딸기」는 지적인 영화일 뿐 아니라 마음에 깊은 울림을 남긴다.

---

1) 프랑시스 바느와, 안 골리오 레테, 주미사 옮김, 『영화 분석 입문』, 한나래, 2007, p. 44.

「그린 나이트」 - 필멸의 존재로서 죽음이란?

원제 : The Green Knight (2021)

감독 : 데이빗 로워리

수상 : 2022 Chicago Indie Critics Awards 최우수 촬영상
Andrew Droz Palermo

줄거리

아서왕의 조카인 가웨인(데브 파텔)은 크리스마스날 연회에 참석해 녹색 기사(랄프 이네슨)의 '목 베기 게임' 도전을 받아들여 녹색 기사의 목을 베어버린다. 1년 뒤 가웨인은 어머니인 마법사 모건 르페이가 만든 마법의 녹색 허리띠를 지니고 길을 떠난다. 그는 여정 내내 작은 실패들을 거듭한다. 성주(조엘 에저톤)는 획득물 교환게임을 하자고 청한다. 첫째 날 그는 성주에게서 사냥감을 받고 성주에게 키스를 한다. 셋째 날 가웨인은 성주 부인(알리시아 비칸데르)으로부터 녹색 허리띠를 얻고 유혹에 넘어간다. 성주는 그날 잡은 여우를 풀어준다. 여우는 더 나가지 말라고 말한다. 그가 녹색 교회당에 가서 녹색 기사가 목을 내리치려는 순간 혼비백산하여 도망간다. 그는 고향에 돌아가

왕이 되고 결혼하고 전쟁에서 패배하고 아들을 잃는다. 적군들이 침입하려 하자 늙은 왕은 허리띠를 벗고 그 순간 머리가 떨어져 나간다. 이것은 달아났을 경우의 미래 비전이었다. 그는 자세를 취하기 전에 명예롭게 녹색 허리띠를 풀고 녹색 기사는 칭찬하며 도끼를 쳐든다.

전개

아서왕의 조카 가웨인은 크리스마스 전날에도 신분이 낮은 연인 에셀(알리시아 비칸데르)과 술을 퍼마시는 건달이다. 가웨인의 어머니 마법사 모건 르페이는 아들의 명예를 높이려는 계획을 짠다. 가웨인이 크리스마스날 연회에 참석했을 때 녹색 기사가 들어와 '목 베기 게임'을 하자고 도전한다. "누군가 대담한 자가 나에게 도끼로 일격을 가하면 난 절대로 움츠리지 않고 그의 일격을 받겠소. 그러나 1년 뒤에 그가 똑같이 나의 일격을 되받아야 한다는 조건이요." 단지 게임일 뿐이라는 아서왕의 충고에도 불구하고 가웨인은 녹색 기사의 목을 베어버린다. 녹색 기사는 일어나서 자신의 머리를 집어 들고 1년 후에 그대로 갚아주겠다며 웃으며 말을 타고 떠난다.

1년 뒤에 가웨인은 어머니가 만들어 준 마법의 녹색 허리띠를 지니고 길을 떠난다. 그는 녹색 교회당으로 가는 길을 가르켜 준 소년이 친절의 댓가를 요구하자 동전 하나만 던져 준다. 그 소년은 자신의 무리를 끌고 와 강도로 돌변해 녹색 허리띠와 말과 무기를 뺏고 그를 결박하였으며 그는 겁쟁이처럼 목숨을 구걸한다.

정령 위니프레드가 자신의 머리를 찾아달라고 부탁했을 때, 가웨인은 찾아 주면 무엇을 해 줄 수 있는지 묻는다. 절박한 소녀에게 대가를 요구하였으므로 도덕적 흠결이 있으나 어쨌든 그는 깊은 연못에 내려가 해골을 찾아 준다. 위니프레드는 그린 나이트는 당신이 아는 사람이라고 말한다. 그 후 판타지적인 영상과 함께 거인들이 등장한다.

그가 성에 도착했을 때 성주 버틸락은 자신이 사냥에서 잡은 것을 줄 테니까, 그는 그 성에서 얻은 것을 달라는 약속을 한다. 첫째 날 성주 부인은 직접 만든 책을 선물하며 입맞춤을 요구한다. 그는 성주에게서 잡은 사냥감을 받고 가볍게 성주에게 키스를 한다. 사흘 째 되던 날 성주 부인으로부터 마법의 녹색 허리띠를 얻었고 성주 부인의 유혹에 넘어간다. 그는 성주와 약속에서 면제될 것을 청한다. 성주는 동의하고, 그날 잡은 것을 풀어준다. 가웨인이 녹색 교회당에 거의 가까이 왔을 때, 여우는 어머니의 목소리로 그 길의 끝엔 죽음이 기다리고 있다면서 더 나가지 말라고 말한다.

그는 마침내 녹색 기사를 만나 머리를 내리칠 수 있도록 자세를 취하다가 움츠리면서 피한다. 그는 녹색 기사에게 "그것이 전부인지?" 묻는데, "무엇이 더 있어야 하나?"라는 대답을 듣는다. 세 번째 내리치려는 순간 도망가는 가웨인의 미래가 빠르게 진행된다. 그는 고향에 돌아가 에셀을 만난다. 아서왕에게서 왕위를 물려받아 왕이 된다. 왕이 되자 고귀한 가문의 여자와 결혼한다. 전쟁에서 패배하고 아들을 잃고 괴로워한다. 적군들이 궁으로 침입하려는 순간 늙은 왕이 허리띠를 벗자 머리가 떨어져 나간다.

이것은 만약 그가 불명예의 길을 선택한다면 그의 인생이 어떻게 흘러갈른지의 비전이었다. 그는 먼저 마법의 허리띠를 푼다. 허리띠를 푸는 가웨인의 행위는 죽음을 운명처럼 받아들이겠다는 뜻이고, 머리를 치라고 목을 내미는 순간 녹색 기사는 도끼를 치켜들면서 칭찬을 하며 영화는 끝난다.

영화가 근거한 원래 이야기는 14세기 후반부에 씌어진 『가윈경과 녹색기사』[1]이다. 녹색 기사가 크리스마스날 아서왕 궁정에 나타나 '목 베기 게임'을 제안한다. 가윈이 용기 있게 나서 녹색 기사의 머리를 내리쳤다.

1년 후 가윈이 성에 이르렀을 때 성주는 '획득물 교환게임'을 하자고 청하였고 사흘 동안 성주 부인의 유혹을 받게 된다. 첫째 날 성주가 사냥 나갔을 때, 성주의 부인은 유혹을 시도하나 단지 입맞춤 뿐이었다. 성주는 사슴을 주었고 가윈은 그를 입맞춤으로 맞이했다. 둘째 날 성주는 멧돼지를 사냥했고 그는 성주에게 입맞춤한다.

---

1) 지은이 미상, 이동일 옮김, 『가윈 경과 녹색기사』, 문학과지성사, 2023.

셋째 날 다른 연인이 있느냐는 성주 부인의 질문에 가원은 그 어떤 여인도 없다고 말한다. 성주 부인은 녹색 허리띠를 주겠지만 그 대신 이를 숨겨야 된다고 말하자 가원은 받아들인다. 그날 저녁 성주는 여우를 주었으나 그는 녹색 허리띠를 숨기고 성주에게 세 차례의 키스를 한다.

녹색 기사는 세 번의 내려침을 시도하지만 실제로는 한 번 가원의 목에 가벼운 상처만 남기고 게임을 종료한다. 성주는 자신이 바로 모건[2]이 변형시킨 녹색 기사이며 성안에서의 유혹은 자신이 꾸민 일이라고 밝힌다. 목에 상처를 입힌 것은 가원이 '신의'[3]의 상징인 '획득물 교환게임'의 법칙을 지키지 못한 대가라고 알려준다. 이에 가원은 '비겁함'과 '탐욕'으로 인한 자신의 죄를 고백하고 회개한다.[4] 성주 부인의 세 차례의 '유혹'에서 순결은 지켰지만, 신의를 저버렸던 것이다. 가원 경은 황량한 길을 통해 집에 도착했고 왕과 왕비의 환영을 받는다.

감독은 영화에서 원래의 이야기에 약간의 비틀기를 하였다. 영화에서는 녹색 기사가 누구인지 밝히지 않는다. 마법사 모건을 가웨인의 어머니로 설정하였고 어머니는 여우의 몸을 빌려 가웨인에게 돌아가 인생을 즐겁게 살라고 권유한다. 세 차례에 걸친 유혹에서 셋째 날 영

2) 작자 미상 영시에서는 모건 르 페이가 아서왕의 이복 누이로 성주의 성에 기거한다. 모건은 아서왕의 마법사 머린을 유혹하여 그의 마술을 배웠다.

3) 기사도의 다섯 덕목은 관대함, 신의, 순결, 예의범절, 연민이다.

4) 앞 책, p. 168. 옮긴이 해설.

화에서의 가웨인은 성주 부인의 유혹에 넘어간다. 따라서 결과도 달라진다.

감상

작품의 시작은 첫 번째 '목 베기 게임'에서 비롯된다. 이외에도 성주와 가웨인 간에는 세 번에 걸쳐 '획득물 교환게임'이 진행된다. 그리고 가웨인은 사흘에 걸친 '유혹'이라는 또 다른 관문을 통과해야 한다. 메시아 이야기에서 유혹과 저항은 항상 등장한다. 예수의 광야에서의 세 가지 유혹을 생각해 보라. '목 베기 게임'과 '획득물 교환게임'과 '유혹'은 커다란 주제인 '자아 성찰'과 연관되어 있다.

영시에서 가웨인을 유혹한 성주 부인은 바로 녹색 기사의 부인이다. 사흘간의 집요한 '유혹'은 실패하고 성주 부인은 사랑의 징표를 교환할 것을 제안한다. 가웨인은 녹색 허리띠를 받아들이고 이를 숨김으로써 '신의'를 지키지 못한 결과 두 번째 '목 베기 게임'에서 목에 상처를 입게 된다. 영시에서 가웨인은 순결의 의무는 지키며 살아남는다. 영화에서 가웨인은 유혹에 넘어가고 생명도 잃는다.

종반부의 휙휙 스쳐가는 판타지의 의미는 무엇일까? 가웨인이 고향에 돌아가 겪는 수십 년에 걸친 자신의 씁쓸한 판타지의 마지막 장면을 보고, 가웨인은 모든 것이 부질없음을 느낀다. 마법의 허리띠를 풀고 그제서야 필멸을 받아들인다. 우리 삶에 좋은 것들이 많으니 마음껏 삶을 만끽하라는 것이 어머니의 조언이다. 어머니의 권고를 거부하고 주인공은 자기만의 용감한 이야기를 완성해 낸다.[5]

이 영화는 우리에게 과제를 남긴다. 우리는 삶에서 어떤 이야기를 남길 것인가? 영화 초반 "기사가 되어야죠."라는 에셀의 말에 가웨인은 "시간은 많다."고 말한다. 그러나 녹색 기사가 "용기를 기를 시간이 1년이나 있지 않았느냐."는 말에 "1년이든 100년이든 마찬가지." 라고 말한다. 가웨인의 시간에 대한 개념이 변화한 것이다. 인간이 운명을 이기는 방법은 바로 지금이어야 한다. 지금 가슴을 따르는 삶을 살면 인간의 시간으로부터 자유로워진다.[6] 가웨인이 목숨을 바치기로 결심하면서 자기 자신으로 태어난다.

「그린 나이트」에서 녹색의 의미는 양가적인 의미를 지닌다. 녹색은 죽음을 뜻하기도 하며 생명과 자연을 뜻한다. 개체는 죽더라도 자연은 영원하다. 죽음의 공포를 어떻게 잊을 수 있을까? 그것이 일생 풀어가야 할 과제인 것이다.

인간이 위대하기 위해 어떤 품성이 필요할까? 개츠비의 '위대함'에 대해 F. 스콧 피츠제랄드는 세 가지를 말한다. '희망을 가질 줄 아는 비상한 재능, 낭만적 준비성, 그리고 경이로움을 느낄 줄 아는 능력'이 바로 그것이다. 영혼의 불모지에서도 꺼지지 않는 개츠비의 낭만

5) 이동진의 파이 아키아, '그린 나이트', 유튜브.

6) 하얀 말, '운명을 어떻게 바꿀 수 있을까?', - 그린 나이트, 유튜브.

적 이상주의를 피츠제랄드는 위대함으로 보았다.

영화 초반에 별로 특출나지 않았던 젊은이 가웨인은 여러 가지 실패를 거친 후에 마지막 운명적 순간에 죽음을 받아들임으로써 위대함을 획득한다.

|사회학적 시선|

노쇠와 죽음

한번은 쿠마에서 나도
그 무녀가 조롱 속에 매달려 있는 것을 보았지요.
애들이 "무녀야 넌 뭘 원하니?" 물었을 때
그네는 대답했지요. "죽고 싶어!"
— T. S. 엘리엇, 『황무지』 제사(題詞)

희랍 신화에서 무녀 시빌은 앞날을 점치는 힘을 지닌 여자이다. 그네는 아폴로 신에게서 손안에 든 먼지만큼 많은 햇수의 수명을 허용받았으나 그만큼의 젊음도 달라는 청을 잊고 안 했기 때문에 늙어 메말라 조롱 속에 갇혀서 아이들의 구경거리가 된다. 산 것도 죽은 것도 아닌 상태의 황무지를 상징한다.[1] 죽음이 없다면 살아 있으되 산 것 같지 않은 삶을 살게 된다.

삶의 두 조건은 태어남과 죽음이다. 베케트는 한 사람이 들어와 우는 것이 곧 삶이라면, 사람이 울고 퇴장하는 것이 죽음이라고 단적으로 표현했다.

---

1) T. S. 엘리엇, 황동규 옮김, 『황무지』, 민음사, 2015, pp. 44-45.

톨스토이는 『이반 일리치의 죽음(1884)』에서 주인공이 불치병에 걸려 죽음에 이르기까지 느끼는 불안, 공포, 좌절감과 고독을 그리고 있다. 이반 일리치는 가족도 피하는 자신을 충심으로 돌보아 주는 시종의 따뜻한 보살핌에 감동한다. 타르코프스키는 다음을 지적하였다. 주인공은 "감정도 메말랐고 사고력도 없는 자신의 가족들을, 불현듯 매우 측은하고 불행하게 여기는 동정심을 갖게 된다. … 멀리서 빛이 반짝이고 그는 그 빛에 도달할 수 없다. 그는 우선 마지막 경계선-삶과 죽음을 갈라 놓는-을 넘지 않으면 안된다. 침대 머리에는 그의 아내와 딸이 서 있다. 그는 그들에게 '용서하라'라고 말하려 했지만 이 마지막 순간에 그가 내뱉은 말은 '나를 지나가게 해 다오.'였다. 이 장면은 우리들의 영혼을 뒤흔들어 놓는다. 이는 이 장면이 갖고 있는 무시무시한 진실성과 삶의 사실성 때문이다."[2)]

그는 죽기 직전 삶이 매 순간 죽음에 향해 나아가는 과정임을 깨닫고 죽음에 대한 공포에서 벗어나 죽음이 원래 이런 것이구나 외치며 떠난다.

"그는 예의 죽음에 대한 두려움을 찾아보았으나 발견하지 못했다. 어디에 있는 거지? 죽음이라니? 그게 뭔데? 그 어떤 두려움도 없었다. 죽음도 없었기 때문이다. 죽음이 있던 자리에 빛이 있었다. '바로

2) 안드레이 타르코프스키, 김창우 옮김, 『봉인된 시간』, 분도출판사, 2007, pp. 131-132. 러시아 말로 두 단어는 유사함, prostite / propustite.

이거야!' 그는 갑자기 큰 소리로 말했다. '이렇게 좋을 수가!'

한순간 이 모든 일이 일어났고 그 순간이 지니는 의미는 이후 결코 바뀌지 않았다. 주위 사람들이 지켜보는 가운데 그의 임종의 고통은 두 시간 더 지속되었다. 그의 가슴속에서 뭔가 부글거렸다. 쇠약해진 육신이 경련을 일으켰다. 그러다 부글거리는 소리, 쌕쌕거리는 소리는 점차 잦아들었다.

'끝났습니다!'

누군가 그를 내려다보며 말했다.

그는 그 말을 듣고 그 말을 마음속으로 되풀이했다. '죽음은 끝났어'라고 그는 자신에게 말했다. '더 이상 존재하지 않아.'

그는 숨을 한차례 들이마셨다. 절반쯤 마시다 숨을 멈추고 긴장을 푼 후 숨을 거두었다."[3)]

죽음에 대한 두려움과 영생에의 희망은 오래전 신화에도 남아있다. 히브리 신화와 그리스 신화에 영향을 미쳤던 인류 최초의 신화 길가메쉬 서사시에서 영웅 길가메쉬는 우투나피슈팀을 찾아가 불로초를 획득하지만 이내 그것을 뱀에게 강탈당한다.

"오, 길가메쉬! 큰 산이며 신들의 아버지인 엔릴은 왕권을 네 운명으로 주었으나 영생은 주지 않았다. 그렇다 하여 슬퍼해서도, 절망해

---

3) 레프 톨스토이, 고일 옮김, 『이반 일리치의 죽음』, 작가정신, 2008, p. 112.

서도, 의기소침해서도 안 된다. 너는 이것이 인간이 갖고 있는 고난의 길임을 분명히 들었을 것이다… 인간의 가장 고독한 장소가 이제 너를 기다린다. 멈추지 않는 밀물의 파도가 이제 너를 기다린다. 피할 수 없는 전투가 이제 너를 기다린다. 그로 인한 작은 접전이 이제 너를 기다린다. 그러나 너는 분노로 얽힌 마음을 갖고 저승에 가서는 안 된다….”[4)]

우리 모두를 기다리는 길의 끝 죽음 그리고 그것을 어떻게 겪어내야 하는지는 모두에게 남은 과제이다. 에피쿠로스주의는 ‘죽음은 우리에게 아무것도 아니다.’라고 한다. 죽음은 모든 것의 소멸을 의미하므로 더 이상 고통도 두려워할 것이 없기 때문이다.

쇼펜하우어의 다음 글은 상당히 재치 있게 죽음을 왜 두려워할 필요가 없는지 이야기한다. “죽음은 올 것이고 그래서 ‘나’와 ‘나의 즐거움’을 끝낼 것이다. 이것은 시간에 구속되어 있는 존재인 나에게 시간을 헛되이 보내지 말 것을 일깨워 주지만, 나에게 두려움을 주진 못한다. 왜냐하면 ‘있지 않다’는 것은 고통도 없다는 것을 의미하기 때문이다. 또한 내가 있는 한 죽음은 없고 죽음이 있으면 내가 없다. 그러니 두려워할 것이 무엇인가?”[5)]

알베르 카뮈는 『시지프의 신화』에서 “어떤 진리를 성립시킬 수 있는 유일한 토대인 ‘존재(etre)’의 자유가 존재하지 않는다는 사실을

4) 김산해, 『최초의 신화 길가메쉬 서사시』, 휴머니스트, 2009, pp. 371-372.
5) 랄프 비너, 최홍주 옮김, 『쇼펜하우어: 세상을 향해 웃다』, 시이출판사, 2006, p. 310.

나는 잘 안다. 죽음이 여기, 유일한 현실로서 버티고 있다. 죽음이 오고 나면 내기는 이미 끝난 것이다. 나 역시 이제 더 이상 영원히 생명을 이어갈 자유가 없는 노예일 뿐이다."[6] 카뮈는 죽음에 대한 공포감을 극복하지 못하는 한 인간에게 자유란 없다고 보았다. 그는 외면하지 않고 똑바로 바라보면서 유감없이 죽는 것을 이야기하였다.[7]

신화학자 죠셉 캠벨은 모든 고통의 씨앗은 가장 중요한 인간 조건이라고 할 수 있는 인간의 유한성이라면서 "참 지혜에는 오로지 고통을 통해서만 이를 수 있다. 버리는 것과 고통스러워하는 것만이 세상으로 통하는 마음의 문을 열게 할 수 있는데, 사람들은 이것을 모르고 있다."는 에스키모의 샤먼의 말을 전한다.[8]

6) 알베르 카뮈, 김화영 옮김, 『시지프 신화』, 책세상, 2009, p. 88.
7) 알베르 카뮈, 김화영 옮김, 『작가 수첩 II』, 책세상, 2016, p. 159.
8) 조셉 캠벨 · 빌모이어스 대담, 이윤기 옮김, 『신화의 힘』, 이끌리오, 2007, pp. 8-9.

추상 355, 145×112㎝, oil on canvas, 1976

매트릭스에서 주인공 네오는 영웅의 여정을 밟는다. 조셉 캠벨이 말했듯이 개인은 자신의 정체성에 대한 의미와 세계 속에서 자신의 자리를 발견하기 위한 여행을 떠난다. 캠벨은 영웅의 여정을 용기 있는 행동이 아닌 자기 발견의 삶으로 설명하고 있다.

VII 현실의 무한한 구조

「라쇼몽(Rashomon)」 - 무엇이 진정한 실재인가?

원제 : 라쇼몽(羅生門) (1950)

감독 : 구로사와 아키라

원작 : 아쿠타가와 류노스케, 『덤불 속에서』[1)]

수상 : 1951년 베니스 영화제 황금사자상

줄거리

11세기, 부부가 산을 가다 산적을 만났고, 신부는 겁탈당했으며 신랑은 죽었다. 초점은 누가, 무슨 이유로 신랑을 죽였냐는 것이다. 시신을 발견한 나무꾼의 신고로 다조마루란 도적이 잡힌다. 산적의 증언에 따르면 "신랑을 묶어 놓고 반항하는 여자를 겁탈했다. 가려는데 여자가 둘 중 살아남는 쪽을 따르겠다고 말해 신랑과 칼싸움 끝에 이겼다." 여자의 증언. "당하고 나서 남편에게서 차가운 증오의 눈빛을 보았고 남편과 다투다 정신을 잃었는데 남편의 가슴에 제 단도가 꽂혀 있었죠." 죽은 남자의 영. "도적이 나에게 이 여자를 죽일까 살릴

1) 아쿠타가와 류노스케, 서은혜 옮김, 『라쇼몬 : 아쿠타가와 류노스케 단편선』, 민음사, 2022.

까를 물었다. 아내가 도망쳤고 도적이 나를 묶은 밧줄을 끊었다. 나는 아내의 단검을 가슴에 꽂았다." 나무꾼의 증언. "신랑이 이런 여잘 위해 싸우고 싶지 않다며 쉽게 여자를 포기하자 산적도 망설인다. 산적과 신랑은 서로 두려워하면서 싸우다가 신랑이 산적에게 살해되었다." 똑같은 사건을 놓고 모두 자기를 미화하는 쪽으로 설명하고 있다. 도대체 진실은 무엇인가?

전개

「라쇼몽」[2]은 인간이 자신이 처한 입장에 따라 상황을 어떻게 다르게 정의하는가 그리고 이때 과연 진실은 무엇인가를 묻는 철학적인 영화이다. 「라쇼몽」은 실재에 대하여 하나의 절대적 진이 있는 것이 아니라 여러 실재들의 정의가 있을 수 있음을 보여준다.

영화 첫 장면. 반쯤 파괴된 거대한 문이 있고 비가 억수같이 쏟아지고 있다. 이곳에서 승려와 나무꾼이 앉아 모르겠다고 중얼거리고 합석한 주민이 무슨 일인지 이야기하라면서 두 남자의 플래시백[3]이 시작된다.

---

2) 「라쇼몽」은 1951년 베니스 영화제 그랑프리, 2000년 베니스 영화제 50주년 "최고의 영화"로 선정됨.

3) 시청각적 뒤돌아가기(『영화 서사학』, p. 144.)

나무꾼이 사흘 전 산에 나무를 하러 갔는데 숲에서 여자 모자를 발견하고 노끈과 시신을 보고 놀라 도망친다. 그 후 그는 관아에서 증언을 한다. "사흘 전 낮이었는데 신부인 여자는 말을 타고 있었고 신랑은 칼과 활을 차고 있었습니다. 제가 체포한 이 자는 다조마루란 자로 유명한 도적이요. 기츠라 강가를 지나는데 그는 살해된 남자가 가진 활과 회색빛 말을 가지고 있었소. 도망치다가 말에서 떨어졌소."

묶여 있는 산적이 "내가 말에서 떨어졌다고 웃기는 소리 말아라. 어느 날 오후 못 견디도록 갈증이 나서 계곡물을 마셨지. 그 계곡물이 이상했는지 강가에 이르자 복통이 나서 말에서 내려 뒹굴고 있었지. 결국 내 목을 베겠지만 저자를 죽인 건 바로 나다. 나는 나무 등걸에서 낮잠을 자고 있었다. 이때 신랑 신부 행렬이 지나갔다. 여자를 보고 반드시 남자를 죽이고 여자를 차지하려고 생각했다. 아니 가능한 한 남자를 죽이지 않고 여자를 차지하기로 마음먹었다. 신랑에게 긴 칼을 보여주며 싸게 주겠다며 남자를 데리고 산에 올라갔다. 신랑을 넘어뜨리고 묶어 놓고 냇가에 있는 여자에게 달려갔다. 남편이 뱀에 물렸다고 말하는 순간 그녀는 얼어붙은 듯 나를 쳐다보았고 아름다워서 갑작스런 질투가 났다. 나무에 묶인 그를 그녀에게 보여주고 싶었다. 일을 끝내고 가려는데 여자가 불렀다. '잠깐만 당신이 죽든지 남편이 죽든지 어느 한 편이 죽어야 해요. 둘 중 살아남는 쪽을 따르겠어요.' 그래서 그자와 싸웠고 여잔 그 후 어디에도 없었다. 그자와 싸우는 사이 달아나 버렸다. 주인 잃은 말이 풀을 뜯고 있었다."

여자의 증언. “나를 속인 그자가 저를 욕보이더니 자신이 유명한 다조마루라면서 조롱했습니다. 남편에게 다가가 우는데 남편의 눈빛이 지금도 생생해요. 슬픔의 눈빛도 아니었고 차가운 증오의 눈빛이었어요. 어서 날 죽이라고 남편과 다투다 정신을 잃고 말았죠. 너무 끔찍했어요. 남편의 가슴에 제 단도가 꽂혀 있었죠. 너무 놀라 숲속으로 달아났고 산 아래 강가에 서 있었어요. 전 그 강물에 몸을 던졌습니다. 하지만 실패하고 말았어요.”

다시 나생문 앞. 비가 쏟아진다. 나무꾼 “여자들은 뭐든지 속이죠. 자기 자신까지도. 죽은 남자의 말은 달랐어요. 죽은 남자는 무당의 입을 통해 말했어요.”

죽은 남자의 영을 대변하는 무당. “난 지금 암흑 속에 있다. 산적은 아내를 범한 후 그녀를 위로했고 남편에게 돌아가느니 나와 가자고 설득했다. 아내는 도적에게 말했다. ‘저 사람을 죽여주세요. 살아 있는 한, 난 당신을 따라갈 수 없어요.’ 인간이 어찌 그토록 비열하고 저주스런 말을 할 수 있는가? 도적이 그 여자를 제압하고 ‘이봐, 이 여자를 어떻게 해야 하는가? 죽일까? 살릴까?’ 그 한마디에 그를 용서했다. 아내가 도망가자 산적도 잡으러 쫓아갔다. 그 후로 얼마나 많은 시간이 흘렀을까? 도적이 돌아와 밧줄을 끊었다. ‘여자는 도망갔어.’ 사위가 조용했다. 누군가 울음소리가 들려왔다. 나무에 기대어 있다가 신랑은 아내의 단검을 발견하고 그것을 들어 가슴에 꽂는다. 사방이 너무나 조용했다. 갑자기 주위가 어두워졌다. 나는 그 적막 속에서 쓰러지고 있었다."

나무꾼이 "그 남잔 단도에 찔려 죽지 않았어. 산에서 여자 모자를 발견했소. 잠시 후 여자 울음소리가 들렸소. 다조마루가 여자 앞에 꿇어 않아 용서를 빌고 있었소. 이미 널 가졌지만 내 아내가 되어줘. 산적이 단도로 남편 밧줄을 풀어 주었는데, 남편이 '잠깐만, 이런 여잘 위해 목숨 걸고 싸우고 싶지 않네.' 여자가 놀라서 쳐다보았다. '두 사내에게 욕을 본 주제에 무슨 말을 할 수 있나?, 원한다면 이 여자를 데려가.' 남편이 쉽게 여자를 포기하자 산적도 망설이는 눈빛이다. 여자는 가려는 산적에게 '기다려요.'라고 말한다. 남편이 여자에게 연약한 존재라고 말하자 여자는 분연히 말한다. '약한 건 너희들이야.' 남편을 향해 '내가 일을 당했다면, 저자를 먼저 죽여야 되지 않아?' 산적에게 '다조마루라면 날 해방시켜 줄 거라고 생각했어. 하지만 너도 남편과 다름없어. 여자는 칼로 쟁취하는 거야.'

산적과 남편은 서로 두려워하면서 싸운다. 남편이 산적에게 살해된다. 아내는 도망친다. 산적이 일어나서 절뚝거리며 사라졌다."

어린애 울음소리가 난다. "지들 좋아서 만들어 놓고 버리는 부모는 뭐냐고." 비 피하던 주민이 부적을 챙겨 가버린다. "인간은 다 이기적이야. 모두 변명뿐이지. 다조마루도, 여자도, 남편도 그리고 너도 나무꾼. 위증한 사람은 당신이잖아. 그 여자의 단도는 어디 있소? 당신 아니면 누가 훔쳐 가."

승려는 나무꾼이 아기를 해치려는 줄 알고 아기를 안고 있다. 나무꾼이 "집에 가면 아이가 여섯이나 있소. 여섯이나 일곱이나 마찬가지지." 승려가 "내가 부끄러운 말을 했군요." 나무꾼이 "날 의심하는게 당연하지. 부끄러운 건 나요." 승려가 "덕분에 나는 인간에 대한 믿음을 다시 찾을 수 있을 것 같소." 비가 그친다.

감상

하나의 진실이 존재할까? 산적, 아내, 그리고 죽은 남편(그는 영혼을 부르는 무당의 입을 빌린다) 등 현장에 있던 세 사람은 모두 자기가 살인자라고 증언한다. 명예를 지키기 위해서 그랬다는 것이다. 마지막으로 사건을 모두 봤다고 주장하는 나무꾼은 두 남자가 막 싸움을 벌이다가 신랑이 죽었다고 말한다. 그런데 네 개의 플래시백을 다 들어도 범인이 누구인지, 동기가 무엇인지 진실은 알 수 없는 채로 남는다.

「라쇼몽」은 아쿠타가와 류노스케의 '덤불 속'이라는 단편소설[4]이 원작이다. 각각 다른 사람들의 관점을 통해 이야기하는 것은 매우 효과적인 문학적 장치이다. 소설을 통해 류노스케는 인간의 위선적이고 허위적인 모습을 폭로한다.

---

4) 아쿠타가와 류노스케, '덤블 속', 『라쇼몬 : 아쿠타가와 류노스케 단편선』, 민음사, 2022. 아쿠타가와 류노스케(1892-1927)는 제1고와 도쿄대 영문학과를 나와 일본 근대문학을 이끌었고 35세의 나이로 스스로 목숨을 끊었다.

산적의 이야기에서, 그는 남편을 죽인 것을 인정했으나, 그는 아내에 의해 그렇게 하도록 유인되었다고 주장한다.

아내에 의하면, 산적에게 강간당한 후 그녀는 남편의 눈 속에서 '차가운 빛, 경멸의 눈초리'를 보고 기절했다. 그 눈이 그녀에게 말한 것은 '나를 죽여다오'였다고 주장했다. 불행하게도, 자신의 단도로 남편을 죽인 후에, 스스로를 죽일 수는 없었다.

죽은 사람의 영은 아내가 산적을 따라가기로 동의했을 때, 돌연히 '그를 죽여요, 난 그가 살아 있는 한 당신과 결혼 못해요.'라고 말했다고 주장했다. 산적은 그에게 아내의 부정함 때문에 아내를 죽이기 원하는지를 물었고, 남편이 주저하는 사이, 그의 아내는 달아났다. 그 후 산적은 남자를 풀어줬고 남편은 아내의 단도가 놓인 것을 보고 그것으로 자신을 찔렀다.

어느 version이 진실인가? 아무도 모를 것이다. 남편과 아내는 각각 그들이 서로의 눈에서 읽었다고 믿은 충동과 인상에 따라 행동했다. 동일한 사건에 대해 여러 가지 다른 해석들이 가능하고 각각의 증언은 자신의 욕망과 동기에 의해 활성화된다. 류노스케는 인간이 나약함을 감추기 위해 위선으로 겉치장하는 것을 보여준다. 진실은 이렇게 그들의 증언과는 다르다. 이 장면을 직접 목격한 사람 또한 법정에서 진실을 말하지 않는데, 이것은 그가 단도를 가져가 돈을 챙겼기 때문이다. 이렇게 모든 사람들이 자신을 위해 거짓을 이야기한다. 인간이 얼마나 자기중심적으로 사고하는가를 잘 묘사한 작품이다.

신경의학자 올리버 색스의 문구가 떠오른다.

"우리가 의도했든 말았든, 알았든 몰랐든, 모든 지각과 장면들은 우리 자신에 의해 형성된다. 우리는 우리가 만드는 영화의 감독인 동시에 배우다. 모든 프레임과 순간들은 우리 자신의 모습인 동시에 우리가 만든 것이기도 하다."[5)]

5) 올리버 색스, 양병찬 옮김, 『의식의 강』, 알마출판사, 2018, p.197.

「솔라리스」 - 기억을 형상화한 실재

원제 : Solaris (1972)

감독 : 안드레이 타르코프스키

원작 : 스타니스와프 렘의 『솔라리스』[1] (1961)

수상 : 1972년 칸 영화제 심사위원 특별상

줄거리

인류는 솔라리스 행성을 발견한다. 과학자들의 연구로 솔라리스 행성의 표면을 뒤덮은 원형질의 바다는 그 자체가 하나의 두뇌이며 행성의 궤도를 안정시키는 힘을 갖고 있다는 사실을 알게 된다. 현재 우주정거장에 머무르고 있는 연구진은 우주 물리학자 기바리안 박사, 우주생물학자 사르토리우스 박사와 인공 두뇌학자 스나우트 박사 3명뿐이다. 앞으로 솔라리스 행성 연구를 계속 추진할 것인지 여부를 결정하기 위해 외계 심리학 박사 크리스 캘빈(도나타스 바니오니스)을 보내면서 영화가 시작된다.

---

1) 스타니스와프 렘, 김상훈 옮김, 『솔라리스』, 오멜라스, 2008.

인간의 기억을 형상화하는 신비한 외계 행성을 통해 우주적 인식론의 불가해성을 그렸다.

전개

첫 장면 (지구에서)

크리스 캘빈이 생각에 잠긴 채 들꽃 핀 고향 집 주변을 걷는다. 그는 호수에 손을 씻은 다음 갑자기 내리는 소낙비를 그대로 맞는다. 이후 그는 솔라리스 탐사 중 실종된 페히너를 구조하러 출동한 조종사 버튼을 만난다. 그들은 함께 비디오테이프를 본다. 버튼은 솔라리스 바다에서 정원 이미지와 수면 위를 걷는 거대한 아이를 보고 촬영했다고 주장하지만 관객에게 보이는 건 구름이 가득한 모호한 사진뿐이다.

하리의 등장 (솔라리스에서)

크리스는 솔라리스 행성으로 향한다. 그가 도착했을 때 우주정거장은 혼돈 상태이다. 인공 두뇌학자 스나우트의 방으로 가니 공이 굴러나온다. 그는 기바리안 박사는 자살했고 우주선 안에 세 사람뿐이라고 말한다. 기바리안의 방은 어질러져 있다. 크리스는 화면에 '켈빈에게'란 메모를 보고 녹화된 영상을 튼다. "X선을 대량으로 방사할 계획이네. 그 괴물과 접할 기회지. 다른 대안은 없네." 우주생물학자 사르토리우스 방에서는 기형적인 난쟁이가 나왔는데 사르토리우스가 얼른 데리고 들어간다.

크리스가 잠에서 깨었을 때 한 여성이 의자에 앉아 있는 것을 발견한다. 바로 죽은 아내 인 '하리'(나탈랴 본다르추크)다. 크리스는 당황한다. 그녀는 10년 전에 자살했기 때문이다. 그녀가 묻는다. "어쩐지 뭔가 잊어버린 느낌이에요. 제게 무슨 일이 생긴 거죠? 날 사랑하나요?" 크리스는 하리를 착륙장에 데리고 가서 그녀를 소형 비행체에 태워 작동시킨다. 날카로운 절규가 들려온다.

두 번째 하리

스나우트 박사는 크리스에게 일어난 사건에 관해서 설명해 준다. "자네가 본 것은 자네의 그녀에 대한 개념이 물질화된 것이야. 명백하게 솔라리스 바다는 우리의 집중적 방사능에 어떤 것으로 반응한 것이지. 그것은 우리의 마음을 읽고 기억의 조각과 같은 어떤 것을 추출했지."라고.

잠에서 깬 크리스는 하리가 다시 등장했음을 발견한다. 그는 그녀를 피하려고 하리를 남겨 놓고 문을 닫는다. 그녀는 패닉에 빠져 금속문을 밀쳐 온몸에 상처가 난다. 이상하게도 그녀 팔의 상처들은 몇 초 만에 아문다.

크리스는 하리에게 가족 비디오를 보여준다. 눈 덮힌 풍경 속에 있는 소년 크리스와 흰 코트를 입고 강아지를 안은 젊은 날의 어머니, 사춘기 시절의 크리스와 방문자 하리와 같은 옷을 걸친 하리 모습이 거기 있다. 하리는 거울을 보며 "난 내가 누군지 모르겠어요. 눈을 감는 순간 내 얼굴도 기억 안 나요."라고 말한다. 하리가 대화하는 옆 천정에서 물이 떨어진다.

스나우트가 방문자들은 언제나 과학자들이 자고 있을 때 나타나니까 크리스의 깨어있을 때의 뇌파를 실어 보내자고 제안한다.

자신이 기억의 복제라는 사실을 기바리안의 녹음기를 통해 알게 된 하리는 눈물을 흘리며 크리스와 대화한다.

하리 : 당신은 날 사랑하지 않아요. 내가 어디서 온 거죠? 난 하리가 아니에요. 하리는 죽었어요. 난 다른 존재에요. 그동안 어떻게 살았나요? 내 생각은 했나요?

크리스 : 가끔, 우울할 때마다.

하리 : 누군가 우릴 데리고 게임을 한다는 생각이 들어요. 게임이 계속될수록 당신에겐 안 좋을 거예요. 당신을 돕길 원해요. 그 여자는 어떻게 됐죠?

크리스 : 막판에 가서 우리는 많이 다퉜어. 난 짐을 싸서 떠나 버렸지. 그리 심각한 문제는 아니었는데 냉장고에 독약을 넣어 둔 것이 생각나더군. 걱정돼서 가볼까도 했지만 그녀가 내 마음을 이해하리라 생각했어. 결국 셋째 날 가봤는데 이미 죽어있더군, 팔에 주사 자국을 남긴 채.

하리 : 그녀가 왜 죽었을까요?

크리스 : 내가 더 이상 사랑하지 않는다고 생각했겠지. 하지만 난 사

랑해.

하리 : 크리스, 당신을 너무 사랑해요.

우주 과학자들의 관점

스나우트의 생일날 도서관에서 모두 만나기로 했고 스나우트는 아마도 방문자 때문에 1시간 반 늦게 도착했다. 과학자들은 자신들의 관점에서 우주 개발에 대해 말한다.

스나우트 : 우리에게 우주 정복의 야망 따윈 없소. 지구의 영역을 우주로 확대할 뿐이지. 더 이상의 세계는 필요 없소. 자신을 비춰줄 거울이 필요할 뿐이요. 열심히 추구했지만 실패로 끝난 거요. 우리에게 필요도 없고 두려워할 목표를 좇다니 우습지 않소! 인간에겐 인간이 필요해요.

사르토리우스 : 적어도 난 내 임무를 알아요. 인간은 자연에서 나왔고 자연을 위해 진리를 추구하도록 운명지어져 있죠. 나머진 중요치 않소.

하리의 정체성 획득

하리 : 크리스는 당신들보다 논리적이에요. 비인간적 상황에서도 인간적으로 행동하죠. 당신들은 그런 거에 관심 없잖아요. 손님들을 적대시하기나 하고 손님들은 당신들 양심의 일부에요. 난 크리스의 사랑을 믿어요. 그는 내가 살아 있길 원해요. 난 결국 여자에요.

사르토리우스 : 여자? 당신은 인간이 아냐! 이해력이 있으면, 좀 알아

들어 보라고! 하리는 존재치 않아. 죽었다고! 당신은 재생된 것뿐이야. 형태의 기계적 재생! 매트릭스의 복제야!

하리 : 그럴지도 모르죠. 하지만 난 인간이 되어 가고 있어요! 당신들만큼이나 깊이 느낄 수 있어요. 이제 크리스 없이도 살 수 있어요. 그를 사랑할 뿐이에요. 난 인간이에요! 당신은 너무 잔인해요.

크리스가 다가가서 무릎을 꿇는다. 그녀는 상처 입고 술을 마시려고 했으나 눈물이 쏟아져서 삼킬 수가 없다.

스나우트는 크리스와 산보하면서 정거장은 궤도를 이동하므로 30초간의 무중력이 있을 것이라고 이야기한다. 크리스는 도서관에 와서 하리가 생각에 잠긴 것을 발견한다. 하리는 브뤼헐의 '눈 속의 사냥꾼들'의 복제품을 가만히 보다가 브뤼헐의 그림과 눈 덮인 언덕에 서 있는 아이 크리스를 연결 시킨다. 그녀는 눈에 서 있던 소년 크리스의 짧은 기억을 가지고 있다. 브뤼헐의 그림은, 크리스의 단편적 잠재의식에서 퍼 올린 주관적 인식에 지나지 않던 하리가 스스로 인간화되는 계기를 제공한다. 예술을 이해하고 스스로 느끼고 결국 남편을 위해 자신을 희생하는 능력을 개발함으로써 자신의 개별적 정체성을 획득한다. 이 시퀀스의 클라이맥스는 그녀와 브뤼헐의 그림 간의 '교감'이다.[2] 하리는 그림을 통해 실제 존재의 영역에 진입함으로써 인

---

2) 나리만 스카코브, 이시은 옮김, 『타르코프스키의 영화 : 시간과 공간의 미로』, B612, 2012, pp. 134-135.

간의 목소리, 물 떨어지는 소리, 새가 울고 개가 짖는 소리 등 지구의 진짜 소리를 듣기 시작한다.

방문자가 처음 나타날 때는 거의 백지상태나 마찬가지로 기억이나 상념을 결핍한 유령 같은 존재에 불과하다. 그러나 함께 생활하다 보면 점점 인간다워지고 자주성을 획득하게 된다. 크리스와 하리는 무중력 상태에서 브뤼헐의 네덜란드 풍경과 러시아 겨울 장면이 합쳐지고 촛대와 도서관의 책이 날아다니며 실내가 변해가는 특이한 경험을 한다. 그들은 중력이 되돌아오기까지 짧은 행복의 순간을 공유한다.

행성의 표면은 끓는 움직임을 만들기 시작한다. 하리가 액체산소를 마시고 원형 복도의 바닥에 쓰러져 있는 것을 크리스가 발견한다. 하리는 단말마 같은 고통 끝에 다시 살아나고 자신이 크리스를 속이고 고통 주기 위해 존재하는 불사의 존재라는 사실에 히스테릭해진다. 크리스는 하리에게 사랑으로 대한다.

크리스는 원형 복도에서 방황하다가, 스나우트가 밖을 보는 것을 발견한다.

스나우트 : 움직임이 활발해졌소. 당신 뇌파 덕택이요. 연민을 보일 때마다 우리의 영혼은 약해져요.

크리스 : 맞는 말이죠. 톨스토이의 고통을 기억하나요? 모든 인간을 사랑할 수 없음에 대한 고통을! 그 후로 얼마나 세월이 흘렀죠? 뭐라고 설명해야 할까요? 누군가를 사랑한다는 것! 사랑은 느낄 수 있을 뿐 개념처럼 설명할 순 없어요. 우린

없어질 것들을 사랑하죠. 자신, 여자, 국가. 오늘날까지 인류와 세계는 사랑에 이르지 못하고 있어요. 우린 소수에 불과하지만 우리가 여기에 온 건 처음으로 인간을 사랑의 대상으로 이해케 하려는 게 아닐까요? 기바리언은 두려워 죽은 게 아니에요. 수치심에 죽은 겁니다. 그 수치심이 바로 인간을 구원케 해요.

어머니와의 만남

크리스 방의 실내가 변한다. 벽과 천장, 바닥이 모두 거울로 만들어져서 크리스의 이미지가 무한히 복제된다. 하리도 여섯 명의 하리가 방안에 서 있거나 앉아 있다. 여섯 명의 유령 중 하나와 똑같은 옷을 입은 크리스의 어머니가 존재한다. 크리스는 침대에서 일어나 고인이 된 젊은 시절의 어머니와 만난다.

크리스 : 어떻게 된 건지 모르겠지만 엄마 얼굴을 완전히 잊어버렸어요.

어머니 : 안색이 안 좋구나. 행복하니?

크리스 : 행복이란 개념은 퇴화돼 버렸어요.

어머니 : 안 됐구나!

크리스 : 전 지금 너무 외로워요.

어머니 : 왜 우릴 힘들게 하니? 뭘 기다린거니? 전화라도 할 수 있었잖아? 생활이 이상해진 것 같구나. 지저분하고 단정치 못해. 어쩌다 이렇게 됐니? (소매를 들치며) 이게 뭐니? 기다려

라.

어머니는 대야와 수건, 물 주전자를 가져와 아들의 더러운 팔을 씻겨 주고 아들의 머리에 부드럽게 입 맞추자 크리스는 울음을 터뜨린다. 어머니는 문의 어둠 속으로 사라진다.

하리의 사라짐

그 후 스나우트는 하리가 갔다고 말하며 '크리스, 속여서 미안해요. 우릴 위한 유일한 해결책이에요. 제 스스로가 부탁한 거예요. 아무도 탓하지 마요.'라는 하리의 편지를 읽어준다.

스나우트 : 그녀는 당신을 위해 그렇게 한 거요.

크리스 : 왜 우리가 이런 고통을 받는 거죠?

스나우트 : 우린 우주의 감각을 상실했다네. 고대인들은 그것을 완벽하게 이해했지. 그들은 '왜' 또는 '무엇 때문에'를 결코 묻지 않았네. 시지프[3]의 신화를 아는가? 당신의 뇌파를 보낸 후로 어떤 손님도 오지 않았지. 솔라리스에 이해하기 힘든 일이 생긴 거요. 수면에 섬들이 생기기 시작했소. 처음엔 하나가 다음에 또 다른 것들이.

크리스는 행성이 결국 그들을 지금 이해했으리라 믿는다.

크리스 : 이곳에 그리 오래 살아도 아직 지구와의 연계성을 느끼시나요?

3) 그가 결코 완성할 수 없는 임무를 부여받음으로써 배반과 잔인함에 대해 신으로부터 벌을 받은 그리스의 왕.

스나우트 : 사람은 행복할 땐 인생의 의미나 영원에 관해선 관심을 갖지 않소. 인생의 막바지에 가서야 질문을 하게 되지.

크리스 : 그 끝을 알 수가 없으니 조급해지는 거죠.

스나우트 : 가장 행복한 사람이란 그런 빌어먹을 질문을 해보지 않은 사람이라오.

크리스 : 질문을 통해 의미를 찾게 됩니다. 하지만 단순한 진리는 신비함 속에 감춰져 있죠. 행복, 죽음, 사랑과 같은 신비함 속에!

스나우트 : 그럴지도 모르지만 애써 생각지는 말아요. 그건 죽는 날을 알려는 것과 같으니까. 죽는 날을 모를 때 우린 진정 영원할 수 있소.

크리스 : 아무튼 제 임무는 끝났군요. 이젠 지구로 돌아가야 하나? 조금씩 모든 것이 정상화되고 있어요. 난 새로운 관심사와 사람들을 찾을 겁니다. 거기에 전념하지는 않겠지만요. 인류가 찾고 있는 이해의 바다를 향한 접촉의 가능성마저 거부할 권리가 제게 있을까요? 우리의 호흡을 아직 기억하고 있는 이곳에서 머문다면? 단지 그녀가 돌아오길 바라는 희망으로? 내게 희망은 없어요. 내게 남겨진 것은 기다림뿐! 기다림의 대상? 글쎄요. 새로운 기적…

크리스는 고향 흙이 담긴 상자를 보며 미소를 짓는다. 그 안에는 식물이 자라고 있다.

냇가에 떠서 물결 따라 춤추는 수초를 통해 크리스가 집으로 돌아왔음을 알 수 있다. 크리스는 아버지의 고향에 돌아와서 얼어붙은 호수를 바라본다. 그가 집에 도착하자 개가 반기며 달려온다. 그가 논문들을 태웠던 모닥불은 여전히 김이 나고 있다. 그는 아버지가 책들을 정리하는 고향 집을 바라본다. 집안에서 뜨거운 물이 쏟아지는데 그 물을 맞은 사람은 전혀 개의치 않는다. 아버지는 크리스를 발견하고 밖으로 나오고 크리스는 무릎을 꿇으며 아버지를 안자, 집과 호수와 근처의 땅이 솔라리스의 거대한 바다 위 조그만 섬 위에 위치하고 있음을 드러내면서 카메라가 점점 멀어져간다.

카메라는 점점 멀어져 가고 크리스가 온 고향 집이 솔라리스 바다의 물 위에 떠 있음을 보여주는 영화 마지막 장면에서 우리는 충격을 받게 된다. 누가 이 환영을 창조했는가? 크리스가 아버지와의 재회를 꿈꾸는 것인가? 아니면 바다가 크리스의 내면을 읽어 귀환을 복제해 낸 것인가?

기바리안과 사르토리우스가 바다를 향해 직접 X선을 조사(照射)한 후에 모든 것이 시작되었다. 방사선 조사를 받은 바다가 역조사(逆照射)를 통해 우리 뇌를 탐색해 보고 우리의 뇌가 어떤 특정 인물에 대해 가지고 있는 관념의 물질적 투영을 보냄으로써 갈등이 시작된 것이다. 인간이 살면서 단 한 번만이라도 비열한 일을 상상할 수 있고 그 정신적 망령이 피와 살을 가진 사람의 모습을 하고 느닷없이 나타난다면 어떻게 느낄까? 공포감을 느끼고 고문당하는 고통에 시달릴 것이다. 마음은 조명이 꺼져버린 무대처럼 공허해질 것이다. 다시 생각해 보면 우리 자신이 이 고난의 근원인 것이다.

타르코프스키는 공상 과학적인 장르를 통해 인간이 환영적인 현상과의 접촉을 통해 내면의 자아에 도달하는 모습을 그렸다. 영화의 마지막 장면에서 솔라리스 바다가 크리스의 정신적 이미지를 복제해냄으로써 외계 지능체와의 내면적인 접촉이 실현되었음을 암시한다. 주인공 크리스는 자살한 아내의 유령과 만나 기나긴 투쟁과 고뇌 끝에 상호 이해에 도달한다. 주인공은 환상을 통해 어머니가 자신의 더러운 팔을 씻어주고 아버지에게 무릎 꿇고 절함으로써 과거의 중요한 존재들과 화해하고 사랑한다는 사실을 확인한다. 이 영화는 타르코프스키 감독의 사랑과 양심과 화해에 관한 영화이다. 솔라리스 행성은 시간을 초월한 사건의 발생을 허용할 뿐 아니라 공간도 초월한다. SF를 인간성과 실존에 관한 복잡한 질문을 던지는 도구로서 사용한, 우리로 하여금 생각하게 하는 영화이다.

원작자인 스타니스와프 렘(1921-2006)은 폴란드 출신의 SF 작가로 "실제로 존재하지만 인간의 개념이나 이미지나 사고로 환원할 수 없는 것과 인간이 조우했을 때의 상황을 묘사하고 싶었을 뿐"[4]이라고 밝혔다.

---

4) *Boston Globe* 2004. 12. 15.

감상

'우리가 어떤 이를 사랑할 때, 우리는 누구를 사랑하는가? 그 사람인가 아니면 그 사람에 대한 우리의 idea인가? 비록 다른 사람들이 독립된 공간에 존재하지만, 우리의 그들과의 관계는 우리의 마음속에 존재한다. 우리가 그들을 만질 때, 우리가 경험하는 것은 만짐이 아니라 우리의 만짐의 의식이다. 그렇다면 두 번째 하리도 비록 어느 정도는 다르지만 첫 번째 만큼 '실재하는(real)' 것이다.'[5)]

기억이 불러 내온 존재인 하리는 처음에는 크리스로부터 떨어져 있는 걸 견디지 못한다. 그러다가 하리는 자신이 무슨 행동을 하든 크리스에게 고문과도 같은 고통을 줄 뿐이라는 사실을 깨닫고 스스로 소멸의 길을 선택한다는 점은 결국 사랑이 그렇게 하도록 했다고 생각한다. 렘의 저서 마지막 부분에 'Finis vitas sed non amoris(끝나는 것은 생명이지, 사랑이 아니다)'가 인용된 점이 흥미롭다.

'인간은 자신의 운명을 손안에 쥐고 있음에도 불구하고, 이 영원하고 본질적인 것을 언제나 무시해 왔다. 그러나 결국 모든 것들 중에서 마지막으로 남는 것은 사랑할 수 있는 능력이다'.[6)]

마지막 장면에서 집안에 뜨거운 물이 쏟아져 내리는 것의 의미는

---

5) Roger Ebert, Review, Jan. 19, 2003. Roger Ebert는 1967년부터 2013년 사망시까지 Chicago Sun Times의 영화비평가였다. 1975년에 뛰어난 비평으로 퓰리처상을 수상하였다.
6) 안드레이 타르코프스키, 김창우 옮김, 『봉인된 시간』, 분도출판사, 2007, p. 256.

무엇일까? 타르코프스키 감독은 물을 상징적으로 구원(redemption)을 의미하기 위해 사용한다. 크리스가 아버지 앞에서 용서를 청하며 엎드린 자세는 크리스의 구원의 상징이다. 상식적으로 생각해 볼 때 뜨거운 물은 그 집이 실재가 아니라는 것을 상기시키는 것이다. 영화 내내 외계 지능체는 사물을 정확하게 표현하지 못했다. 집 안에 물이 쏟아지는 모습은 외계 지능체가 만드는 오류이며, 비슷한 예가 하리의 옷은 벗을 수 없게 되어 있었다.

타르코프스키는 "나로서는 인간의 유일하게 진실로 중요한 과제는 자기 자신의 운명에 대한 책임 의식을 복구시키는 일이다. 인간은 반드시 자기 자신의 영혼을 다시 찾아야만 하고, 그 영혼의 고통을 느껴야만 하며, 자신의 행동을 자신의 양심과 조화시키는 시도를 하여야만 한다. 양심은 인간에게 내재하는 것이며, 인간은 양심을 선험적으로 갖고 있다."[7]

인간이 자기 삶을 책임지기 위해서는 양심의 소리를 듣고 영혼의 고통을 감내해야 되리라.

7) 앞 책, pp. 276-277.

「매트릭스」 - 진실의 사막인가 가상 현실에의 안주인가

원제 : The Matrix (1999)

감독 : Lilly Wachowski and Lana Wachowski

수상 : 2000년 영국 Empire Awards 최우수 작품상

줄거리

주인공 토마스 앤더슨(키아누 리브스)은 낮에는 프로그래머로 일하며 밤에는 '네오'라는 가명으로 해커로 활동한다. 어느 날 트리니티(캐리-앤 모스)에게 인도되어 매트릭스의 저항 세력의 우두머리인 모피어스(로렌스 피쉬번)를 만나러 간다. 모피어스는 네오에게 그가 매트릭스라는 가상 현실 세계에 사로잡혀 노예로 살아가고 있다고 폭로하면서 현실에 안주할 파란 약인지 아니면 진실을 마주할 빨간 약을 선택할지 결정하라고 한다. 네오는 빨간 약을 선택한다. 그는 일정한 체력 훈련을 거친 후 모피어스의 안내로 오라클(글로리아 포스터)에게 간다. 오라클은 문 밖에 걸린 '너 자신을 알라'를 마음에 새기라고 한다. 저항 세력 중 사이퍼는 모피어스를 배신한다. 붙잡힌 모피어스를 구하러 간 네오는 요원들과의 격투 끝에 죽음에 이른다. 트리니티는

오라클의 예언이 있었음을 알리며, 마법 같은 키스를 함으로써 네오를 소생시키고, 네오는 초인적인 능력을 발휘해 승리한다.

전개

모피어스를 만나러 가는 차 안에서 네오는 잠깐 되돌아갈 생각을 한다. 트리니티는 네오의 몸에서 도청장치를 빼내기 전에 그를 일깨운다.

매트릭스는 어떤 것인가?

모피어스 : 운명을 믿나, 네오?

네오 : 아니오.

모피어스 : 어째서?

네오 : 내 삶을 내가 통제할 수 없다는 생각이 마음에 들지 않거든요.

모피어스 : 자네는 무엇인가를 알기 때문에 여기 있는 걸세. 자네가 아는 걸 설명할 순 없지만 자넨 그것을 느끼네. 세상이 뭔가 잘못되었다는 느낌. 그게 뭔지는 모르지만 어쨌든 자네 마음 속에 박힌 가시처럼 자네를 미치게 만드는 거야…

매트릭스는 모든 곳에 있어. 그것은 우리 주위를 온통 둘러싸고 있어. 바로 이 방 안에도 있지. 창밖을 내다 봐도 있고 텔레비전 안에도 있단 말야. 출근을 할 때도 교회에 갈 때도

세금을 낼 때도 느껴지거든. 그것은 진실을 보지 못하도록 자네의 눈을 가리는 세계야.

네오 : 무슨 진실이오?

모피어스 : 자네가 노예라는 진실이지, 네오. 자네가 다른 모든 사람들처럼 날 때부터 노예 신세라는 진실 말야… 자네도 다른 모든 사람들과 마찬가지로 냄새를 맡거나 맛을 보거나 만질 수 없는 감옥에 태어난 거야. 자네 마음의 감옥 말야.

빨간 약과 파란 약

네오는 빨간 약과 파란 약 중 어느 하나를 선택해야 한다.

모피어스 : 이것이 자네의 마지막 기회네. 이후엔 되돌아올 수 없지. 자네가 파란 약을 먹으면-이야기는 끝나네. 자네는 침대에서 깨게 될 것이고 자네가 믿고 싶은 것은 무엇이나 믿게. 자네가 빨간 약을 먹으면-자네는 이상한 나라에 머물고 나는 자네에게 토끼 굴이 얼마나 깊이 가는지 보여주겠네.

만약 그가 빨간 약을 먹으면 사물의 본질이 드러날 것이고 파란 약을 먹으면 사물들에 대한 그의 지각이 변하지 않을 것이라고 한다. 네오는 빨간 약을 선택한다.

네오가 빨간 약을 삼키고 난 후 거울을 바라보다 거울 가까이 손을 가져간다. 그러자 거울은 액체로 변해 그의 팔과 몸을 타고 흘러 올라온다. 네오는 곧 거울로 변하고 다음 순간 '토끼 구멍'으로 깊숙이 빠져 들어가 진실을 대면한다. 매트릭스에 떨어져 유선형 용기 안에 담겨 있는 자신의 모습을 발견하는 순간, 그는 완전한 알몸의 상태로 환상에서 깨어난다. 그는 거울로 변신함으로써 최초의 진정한 각성을 경험하게 된다. 그는 지금껏 진짜라고 생각해 왔던 것이 사실은 프로그램화된 환상이자 '우리를 끊임없이 통제하기 위해 건설된 컴퓨터가 만들어 낸 꿈의 세계'라는 진실을 깨닫게 된 것이다.[1)]

모피어스 : 너무도 현실감이 느껴지는 꿈을 꿔 본 적이 있나. 네오? 꿈에서 깨어날 수 없다면 어찌 하겠나? 꿈의 세계와 현실 세계를 어떻게 구분하지?

네오 고치를 찢고 나옴

네오가 인간 유기체들에게 꿈을 공급하는 고치를 찢고 나오는 장면은 충격적이다. 분홍색 고치에 싸여 있는 인간의 몸을 담은 캡슐들이 끝없이 늘어서 있다. 고층 건물들이며 바쁘게 움직이는 사람들의 모습은 실재가 아니라 환상인 것이다. 혼수상태에서 깨어난 네오는 눈에 통증을 느낀다.

네오 : 왜 내 눈이 아프죠?

모피어스 : 자네가 지금껏 한 번도 두 눈을 사용한 적이 없기 때문이지.

네오는 인지적 충격을 경험한다.

실재는 무엇인가

---

1) 마이클 브래니건, "숟가락은 없다: 불교의 거울에 비춰 본 '매트릭스'", 『매트릭스로 철학하기』, 한문화, 2021, p. 134.

모피어스가 네오를 컴퓨터 프로그램화된 사이버 공간에 처음 데려갔을 때, 네오는 눈부신 흰색의 텅 빈 공간 속에 놓여 있는 가죽 팔걸이 의자를 붙잡으며 모피어스에게 묻는다.

네오 : 지금 내게 이것이 실재가 아니라고 말하고 있는 겁니까?

모피어스 : 무엇이 실재지? 어떻게 '실재'를 정의하지? 만약 자네가 느낄 수 있고, 냄새 맡을 수 있고, 맛볼 수 있고, 볼 수 있는 것에 대해 이야기 한다면, '실재'는 단순히 자네의 뇌가 해석하는 전자 신호일 뿐이지.

실상 최초의 매트릭스 영화를 플라톤의 작품의 해석으로도 볼 수 있다. 매트릭스의 실재는 그것이 사람들의 노예화를 유지하도록 의도된 '고안물(construct)'이라는 것이다. 모피어스가 네오에게 무엇이 실재인지 물을 때, 그는 소크라테스가 사람들을 깨우치기 위해 질문을 하고 다녔던 것을 연상시킨다.

모피어스 : 불행하게도, 아무도 매트릭스가 무엇인지 말해줄 수 없어. 너는 네 자신이 그것을 보아야 해.

이것은 명백하게 진리를 전달하거나 또는 사람들을 해방시키는데 있어 언어의 무력함에 대한 플라톤의 견해들[2]에 기반을 둔 것이다.

진실의 사막

네오는 흰색의 공간에서 텔레비전 수상기를 응시한다. 모피어스는

2) 데이비드 웨버만, "'매트릭스', 현실과 시뮬레이션의 사라지는 경계", 『매트릭스로 철학하기』, 한문화, 2021, p. 277.

네오가 막 탈출한, 도시를 재연하는 활기찬 영상들을 검색한다.

모피어스 : 자네는 꿈의 세계에서 살아왔던 거야, 네오. 이것이 오늘날 존재하는 그대로의 세계지.

기계들과의 전쟁으로 폐허가 된 도시의 어두운 모습이 등장한다. 모피어스와 네오는 처참한 잔해에 둘러싸인 자신을 발견한다.

모피어스 : 진실의 사막에 온 것을 환영하네.

네오가 비틀거리며 뒷걸음질 친다.

모피어스 : 매트릭스가 뭐냐고? 통제야. 매트릭스는 컴퓨터가 만들어낸 꿈의 세계지. 그것은 우리를 끊임없이 통제하기 위해 건설된 거야. 인간을 바로 이것으로 만들기 위해서.

(그는 '듀라셀' 건전지를 들어 보인다.)

우리가 보고 느끼는 세계가 환상일지 모른다는 가정을 해본 적이 있는가?

모피어스와 네오의 대련

모피어스 : 나는 자네 마음을 자유롭게 해주려고 하고 있네, 네오. 그러나 나는 단지 문을 자네에게 보여줄 수 있을 뿐이야. 그것을 통해 걷는 것은 자네이지.

자네는 모든 것을 내려놓아야 하네, 네오, 두려움, 의심 그리고 불신, 자네의 마음을 자유롭게 하게.

매트릭스에서의 죽음은 실제의 죽음인가

프로그램 안에서 허공을 향해 뛰어 다른 건물 옥상에 도달하는 것에 실패한 후 깨어났을 때 네오는 입가에 피가 흐르는 것을 느끼고 가상의 경험이 신체에 직접적인 해를 입힐 수 있음에 놀란다.

네오 : 나는 그것이 실재가 아니었다고 생각했어요.

모피어스 : 자네의 마음이 그것을 실재로 만들었지.

네오 : 만약 매트릭스에서 죽으면 여기서도 죽나요?

모피어스 : 육체는 정신이 없으면 살 수 없어… 정신이 그것을 진짜로 만들지.

오라클과의 만남

결가부좌로 앉아 있던 승복 입은 소년은 염력을 이용하여 숟가락을 구부린다. 소년은 숟가락을 구부리려 하지 말고 대신에 진실을 깨달으려고 노력해 보라고 권유한다. 네오가 무슨 진실이냐고 묻자 소년은 '숟가락이 없다는 진실'이라고 답한다. 소년은 "그러면 보게 되요. 구부러지는 것은 숟가락이 아니라 당신 자신임을."

오라클이 네오에게 네가 '그'라고 생각하냐고 물으니 네오는 모르겠다고 답한다. 그녀는 네오가 자신은 '그'가 아니라고 스스로 단정하도록 내버려 둔다.

오라클 : '그'가 되는 것은 사랑에 빠지는 것과 같아. 아무도 대신 말해 줄 수 없어. 너 자신만 알 수 있어. 온몸으로 체득하는 거지.

오라클의 이 말은 자신이 예언된 그인지 아닌지는 마치 사랑에 빠진 것을 스스로 알게 되듯이 스스로 느끼게 되리라는 멋진 비유이다.

오라클 : 너는 재능을 가지고 있어. 하지만 무언가를 기다리고 있는 것 같구나.

네오 : 무엇을요?

오라클 : 아마 너의 다음 생애겠지? 누가 알겠니? 다 그런 법이야.

그녀는 부엌문 위에 걸려 있는 현판을 가리키며 '너 자신을 알라'라는 뜻이라고 말해 준다. 오라클은 네오가 나가기 전 "너는 운명을 믿지 않는다던 네 말을 기억하겠지. 너는 네 삶의 주도권을 쥐고 있어."라고 깨우친다.

두 개의 매트릭스

스미스 요원은 모피어스에게 두 개의 매트릭스가 존재했다고 이야기한다. 인간은 왜 애당초 설계된 행복의 매트릭스를 거부했나?

스미스 요원 : 최초의 매트릭스가 완벽한 인간 세계를 구현하도록 설계되었다는 것을 알고 있나? 아무도 고통받지 않고 모두가 행복한 그런 세계 말야. 그건 정말 재앙이었어. 아무도 그 프로그램을 받아들이려 하지 않았지. 모두가 엉망진창이었어. 어떤 이는 완벽한 세계를 묘사하는 프로그래밍 언어가 결핍했다고 믿었지. 그러나 나는 종으로서의 인류는 고통과 비참함을 통해 실재를 정의한다고 믿어. 너희들의 대뇌는 끊임없이 완벽한 세계라는 꿈에서 깨어나려고 애썼지. 그래서 매트릭스가 다시 설계된거야. 너희들 문명의 정점 시기로 말이야.

자유로운 존재가 되기 위해서 고통을 딛고 넘어서야 한다는 암시가 깔려 있다.

사이퍼의 배신

사이퍼는 네브카드네자르호에서의 재미없는 삶을 매트릭스에서의 삶과 바꾸려 한다. 플러그에 꽂혀 잠든 모피어스의 몸에 기대어 말한다.

사이퍼 : 만약 네가 진실을 말해 주었더라면 우리는 너에게 그 빌어먹을 빨간 약을 당장 걷어 치우라고 말했을 거야!

네오의 죽음과 재생

마지막 장면 트리니티는 네오에게 키스를 하고 소생시킨다.

트리니티 : 네오, 나는 더 이상 두렵지 않아. 예언자는 내가 사랑에 빠질 거라고 말했어. 그리고 그 사람이, 내가 사랑에 빠지는 그 사람이 바로 '그'일 거라고 말했어. 이제 알겠지. 넌 죽을 수 없어. 그럴 수 없어. 나는 널 사랑하거든. 듣고 있어? 사랑해.

트리니티의 믿음은 네오를 소생시킨다. 예언자의 예언대로 네오는 다음 생애에서 '그'가 되어 온 것이다.

매트릭스로부터의 해방은 자유 없는 행복한 삶을 사는 존재가 아니라, 자유로운 인간 존재의 창조여야 한다.

「매트릭스」는 미래 사회에서 인류가 기계 장치에 의해 제공되는 가상현실을 현실로 착각하며 고치 안에서 매트릭스에 의해 제공되는 꿈을 꾸며 '건전지' 역할을 하는 인간의 비참한 모습을 그렸다. 1999년에 나왔지만 상당히 획기적인 내용을 담고 있다. 최근에 로봇이 노동자를 상자로 인식해 사망케 한 사건이 발생했다. (2023.11.8.) 우리가 발전시킨 과학문명에 의해 인류가 위험에 처할 수도 있겠다는 상상이 단지 상상만으로 그치지 않을 것이라는 우려가 생긴다.

감상

매트릭스에서 주인공 네오는 영웅의 여정을 밟는다. 조셉 캠벨이 말했듯이 개인은 자신의 정체성에 대한 의미와 세계 속에서 자신의 자리를 발견하기 위한 여행을 떠난다. 캠벨은 영웅의 여정을 용기 있는 행동이 아닌 자기 발견의 삶으로 설명하고 있다.

모든 영웅의 여정[3)]에서 일부 주인공은 네오처럼 불길한 예감에 시달리는 부적응자이거나 아웃사이더다. 하지만 그들의 마음속에는 변화에 대한 갈망이 꿈틀대고 있다. 네오 역시 흰토끼 문신을 한 여자를 따라간다. 영웅은 가장 어두운 순간에 결단을 내리고 통찰력을 얻으며 마지막으로 정신을 차리고 기운을 낸다. 네오는 모피어스를 구하

3) 자미라 엘 우아실, 프리데릭 카릭, 김현정 옮김, 『세상은 이야기로 만들어졌다』, 원더박스, 2024, 저자들은 캠벨의 영웅 여정에 따라 네오의 여정을 따라간다.

기 위해 그러다가 죽을 수도 있다고 오라클이 말했지만 돌아온다. 네오는 매트릭스를 탈출하는 과정에서 스미스 요원의 총에 맞는다.

부활. 이제 네오는 자신이 선택받은 자임을 알고 있다. 그는 매트릭스의 성질을 이해했다. 영웅은 세상을 변화시키는 힘을 가진 보물을 들고 있다. 캠벨은 영웅의 이 마지막 단계를 '삶의 자유'라고 부른다.

플라톤의 동굴의 우화에서 동굴 안의 사슬에 묶인 인간들은 벽에 비친 그림자들을 통해 세계를 인식하므로 이 실존이 잘못되었다는 것을 깨닫지 못한다. 플라톤은 만약 사슬에 묶인 사람이 갑자기 풀려나서 내보내진다면 무슨 일이 일어날까 상상한다. 그때 만약 누군가가 그에게 이전에 네가 보았던 것은 의미 없는 환영에 불과하며 지금 사물에 대한 참된 시각을 얻을 수 있을 것이라고 말한다면 그는 무척 혼란스러워 할 것이다. 누군가 이를 깨우치는 선구자가 필요하다. 그들은 숙고를 통해 이전의 삶이 기만에 근거한 것이었음을 이해하게 된다.[4]

소크라테스는 평생 다른 사람들이 '진리'에 돌아오도록 도움으로써 다른 사람들의 사슬을 풀어주려고 애썼으나 독배를 마시는 것으로 끝났다. 어떤 이에게 진리를 '말하는' 것만으로는 부족하다. 왜냐하면 언어는 신념을 전달하는데 실패하기 때문이다. 진리는 말해지기보다 경험되어야 한다.[5] 그렇기에 빨간 약을 선택하고 삼키는 결단이

4) 윌리엄 어윈, '네오와 소크라테스 그리고 그들을 곤경에 빠뜨린 의문들'. 『매트릭스로 철학하기』, 한문화, 2021, p.36.

필요하다.

네오는 인간들이 분홍빛 고치 안에서 매트릭스가 제공하는 가상 실재를 실재로 착각하고 살아감을 보고 경악한다.

누구나 인간은 삶에서 그 나름의 고통과 시련과 성장이라는 영웅의 여정을 가며 때로 결단을 통해 길을 들어서야 한다. 이 영화를 통해 '테크놀로지는 우리를 구원할 수 없다'는 강력한 메시지를 읽을 수 있다.

5) Plato's Allegory of Cave from Wikipedia.

|사회학적 시선|

다중 실재들

사람은 누구나 다 자신이 구성해 놓은 세계 속에서 살아간다. 다시 말해 개인은 개별적으로 경험한 일들을 축적하여 자신의 이야기를 만들어 가는데 그 과정에서 자신이 가진 독특한 인식구조를 통해 그 경험들에 의미를 부여하여 세상을 인지한다.

사람들은 그들의 실재를 구성한다

사회심리학의 근본적인 공리는 사람들은 그들의 실재를 구성한다는 것이다. W. I. 토마스는 '만약 인간이 어떤 상황을 실재라고 정의한다면, 그들은 그 결과 실재가 된다.'라는 유명한 정의를 이야기하였다. 사람들은 상황을 지각하고 그것으로부터 의미를 끄집어내고 그 기반 위에서 행위한다.[1] 각 개인은 대상과 상황을 주관적으로 규정하고 의미를 부여함으로써 자기의 세계에 능동적으로 대처하여 행동한다. 상징적 상호작용론에서는 '실재는 고정된 것이 아니고 개인들의 의미 있는 상호작용을 통해 끊임없이 재창조 된다.'고 본다.

사회적 현실은 많은 의미의 층을 가지고 있는 것으로 나타난다.

1) Tony Bilton et al., *Introductory Sociology*, London : The MacMillan Press Ltd., 1983, p. 24.

인지 심리학에 의하면 외부로부터 정보를 받아들일 때, 사람들은 스폰지처럼 단순하게 흡수하지도 않고 컴퓨터처럼 수동적으로 기록하지도 않는다. 그것의 의미와 중요성에 의해 정보를 부호화하는 인정re-cognition 과정을 통해 그것을 적극적으로 이해하고자 노력한다.[2] 인간의 인지 체계의 특성들은 의미 있게 부호화된 정보를 다룰 때 가장 잘 작동한다.

행위자들의 의미의 중요성

사회학자 베에버는 사회적 상황에 참여하고 있는 행위자들이 그 상황에 부여하는 주관적인 의미와 의도, 해석을 강조하였으며, 어떤 현상을 적절하게 설명하기 위해서는 개인이 어떻게 해석하는가의 주관적 차원을 고려해야 한다고 주장하였다.[3] 베에버는 자본주의의 발생을 개인의 종교적 신념과 연결시켰다. 죽음이 일상적인 현실이던 사회에서 개인이 사후에 구원받을지 아닌지의 문제는 무엇보다 중요했다. 칼빈의 운명 예정설에서는 이 구원의 문제가 이미 하나님에 의해 결정되어 있다고 보았다. 신봉자들은 자신들이 현재 근면하고 사치스럽지 않고 덕망 있는 생활을 꾸려 나간다면 이것이 바로 구원받았음의 징표라고 믿었다. 그들은 열심히 합리적으로 일함으로써 부를 쌓

---

2) Wendy Stainton Rogers, *Social Psychology: Experimental and Critical Approaches*, Philadelphia : Open University Press, 2003, p. 145.

3) 피터 L. 버거, 한완상 역, 『사회학에의 초대』, 현대사상사, 1982, p. 172.

아나갔다. 수많은 개인들이 이러한 믿음 위에서 행동함으로써 자본주의가 형성되었다.

이처럼 우리가 부여하는 의미에 관심을 두는 베에버적 방법은 사회 현실을 이해하는데 도움을 준다. 무너질 것 같지 않던 독재 권력이 어느 날 무너진다. 독재자의 폭압에 억눌리던 대다수의 시민들이 어떤 연유로든 그 상황을 깨닫고 실재를 다르게 정의한다면, 그 지배체제는 무너질 수 있다. 물은 배를 뜨게 할 수 있지만 전복시킬 수도 있다. 거대한 사회가 존립하기 위해서는 그 구성원들의 인정이 필요하다.

나치 수용소의 특수한 사례들

나치 독일의 수용소에서 간수들은 수용된 사람들을 인간 이하의 존재인 '벌레'처럼 취급했고 얼마 지나지 않아 재소자들은 스스로를 하찮게 여기고 다른 동료에게도 그렇게 대했다. 타인이 부여한 상황 정의를 그대로 받아들인 케이스이다.

그러나 예외적인 사례들이 있다. 폴란드 출신의 막스밀리아노 콜베 신부는 1941년 5월 아우슈비츠에 끌려갔다. 두 달 후 감방에 있던 수감자 한 명이 탈출을 시도하였고, 이에 대한 벌칙으로 소장은 '아사 감방'에 갈 희생자 10명을 무작위로 골랐는데 그 선정된 죄수 한 명이 가족이 있어 죽을 수 없다고 울부짖자, 콜베 신부가 자신이 대신 가겠다고 자원하였다. 아사 감방에서는 콜베 신부의 인도 아래 기도와 묵상을 하면서 하나 둘 씩 굶어 죽어 가다가 2주일 후에 콜베 신부는 결국 독약 주사를 맞고 죽음을 맞이하였고 후에 성인으로 선포되었다.

정신의학자 빅터 프랭클은 나치 독일의 끔찍한 수용소에서 다음과 같은 사실을 발견했다. "강제 수용소에서 살던 우리는, 자신의 마지막 빵조각을 다른 사람들에게 건네주고 그들을 위로하면서 막사를 나간 사람들을 기억한다. 그들은 수적으로 적을지는 몰라도 인간에게서 모든 것을 빼앗아 가도 한 가지만은 빼앗을 수 없다는 것을 충분히 보여주었다. 그것은 인간이 가진 자유 가운데 마지막 것, 어떤 주어진 일련의 환경 속에서 자신의 태도를 선택하는 것, 자기 자신의 방법을 선택하는 자유다."[4]

콜베 신부의 케이스와 빅터 프랭클이 목격한 나치 수용소의 사례들은 외부에서 주어진 상황 규정에 맞서서 인간이 스스로 그 상황을 어떻게 정의하는가에 따라 태도와 행동이 달라진 사례들이다.

인지적 구두쇠인 인간: 노력을 적게 들이기를 선호함

니콜로 마키아벨리는 "인류 대다수는 실재로 보이는 바(what seems)를 실재인 바(what is)로서 수용한다, 아니 그들은 실재들(realities)이라기보다 외양들(appearances)에 의해 더 자주 영향받는

4) 빅터 프랭클, 이시형 옮김, 『죽음의 수용소에서』, 청아출판사, 2005, pp. 120-121.

다. 공정함의 평판을 얻기 위한 가장 좋은 방법은 진짜로 공정한 것이다. 그러나 공정한 것이 공정하게 보이는 것보다 훨씬 힘듦으로, 또 인간성에 게으름이 장착되어 있으므로, 인간은 자주 실재보다 외양을 손쉽게 선택한다."[5)]

장자의 호접지몽

옛날에 장주가 꿈에 나비가 되었다. 펄럭펄럭 자유롭게 나는 나비였다. 스스로 기분 좋게 뜻대로 날면서 〔자신이〕 장주임을 알지 못했다. 얼마 후 깨어나니 놀랍게도 장주였다. 〔그렇지만〕 장주가 꿈에 나비가 된 것인가, 아니면 나비가 꿈에 장주가 된 것인가를 알 수 없었다.

장주와 나비는 분명한 구별이 있으니, 〈이처럼〉 장주가 나비가 되고 나비가 장주가 되는 것〉 이것을 물의 변화 〔物化〕라고 한다.

— 장자의 『제물론』

이 우화는 세 부분, 즉 '장주가 나비가 되는 꿈' 이야기 〔호접몽〕, '장주와 나비 사이에 반드시 구분이 있다'는 구절 〔有分〕, '이것을 물화라고 한다'는 구절 〔物化〕 등으로 되어 있다.

호접지몽 우화는 새로운 의미를 가지게 되었다.

첫째, '호접몽' 이야기는 어리석은 중인들이 꿈을 꾸는 듯이 가짜

5) "Hypocricy," *Scholarly Community Encyclopedia*

의 삶에서 깨어나지 못하고 있는 장면이다. 꿈속에서 자기를 나비로 착각한 것이나 꿈을 깨고서도 자기가 나비인지 나비가 자기인지를 구분 못하는 것은 아직 각성이 덜 된 상태, 즉 물의 세계에 참된 자기를 뺏긴 상태이다.

둘째, '유분'은 꿈과 깸의 원관념인 '夢'과 '覺' 사이에는 반드시 구분이 있음을 말한 것이다.

셋째. '물화'는 어리석은 중인이 꿈인지 생신지 모르는 상태는 '물에 의해 〔참 자아가〕 변화된 상태'를 말하고 있다. 현대의 '소외'나 '정체성 상실' 등과 통하는 면이 있다.

결국 호접지몽의 참 의미는 '선입견과 편견에 사로잡힌 마음〔夢〕에서 깨어나 도의 관점에서 있는 그대로 보아야지 〔覺〕, 그렇지 않으면 헛것에 의해 사로잡힌 것이다. 〔物化〕'를 말한 것으로 보인다.[6)]

인드라의 그물

조셉 캠벨은 쇼펜하우어가 지적한 재미있는 현상에 대해 언급한다. 어떤 사람이, 나이를 먹고 지나온 세월을 돌이켜보면, 자기 인생이 누군가의 명령과 계획에 의해 끊임없이 수정되어온 것 같다는 느낌을 받게 되는 경우가 있는데, 이에 대해 쇼펜하우어는 꿈이라는 것이 우리 의식은 알지 못하는 우리의 어떤 측면이 만들어 낸 것과 같이, 우

6) 김권환, 신정근, "『장자』에서의 '호접지몽' 우화 해석에 관한 연구", 철학 논집, 제 42집, 2015년 8월, https://scc. sogang.ac.kr

리 인생도 우리 안에 있되 우리는 잘 알지 못하는 어떤 의지에 의해 구성되고 계획되는 것이라고 설명한다. 쇼펜하우어는 우리 인생은 한 사람이 꾸는 큰 꿈, 꿈속에 나오는 인물이 또 꿈을 꾸는, 말하자면 규모가 방대한 꿈이 아니겠냐는 결론을 내린다. 이와 비슷한 관념이 인도 신화에서 인드라의 그물에서 나온다. 인드라의 그물은 실과 보석으로 짜여진 그물로 실과 실이 만나는 곳마다 보석이 달려 있는데, 각 보석에는 다른 보석이 비친다. 이것은, 어떤 사건은 다른 많은 사건과의 상호 관계 속에서 일어난다는 뜻이다.[7]

포스트 모더니즘Postmodernism

포스트 모더니즘은 무엇이 지식이고 그것이 어떻게 얻어지는가에 대해 취하는 입장이 modernism과 급진적으로 다르다.

포스트 모더니즘에서 과학에 의해 획득된 지식은 모든 다른 지식과 마찬가지로 '실제-세계'의 표상(representation)이다. 그런데 이 표상은 과학자들이 무엇을 관찰하려고 선정할 것인가, 그들이 발견한 것을 어떻게 해석할 것인가와 그들이 관찰하고 발견한 것에 대해 그들이 이야기하는 스토리들에 의해 영향받는다. 즉 지식은 단순하게 발견되지 않고 구성된다.

포스트 모더니즘에 따르면 실제 세계에 관한 직접적 지식을 얻을

---

7) 조셉 캠벨 · 빌 모이어스 대담, 이윤기 옮김, 『신화의 힘』, 이끌리오, 2007, pp. 411-412.

수 있는 방법이 없으므로, 하나의 단일한 실재(즉 하나의 진실된 지식)가 결코 있을 수 없다.[8] 지식은 단일하다기 보다 복수적인 것으로 간주된다. 이들 각각의 지식들은 인간의 의미-부여하기에 의해 만들어진다. 물론 현대 생활을 가능하게 한 기술들 모두는 과학적 지식을 사용해서 발전되어 왔다. 그렇지만 예를 들어 스트레스, 만성 피로 신드롬 등 많은 현대 생활의 질병들은 사회적으로 문화적으로 구성되고, 정의되고, 경험되므로 과학적 테스트를 통해 진단될 수 없다.

일상생활의 실재

세계는 다수의 실재들(multiple realities)로 구성되어 있는 것으로 인식된다. 꿈에서 깨어날 때 우리는 한 실재에서 다른 실재로 옮겨간다. 일상생활의 실재는 상호주관적인 세계이다. 곧 다른 이들과 함께 공유하는 세계이다. 언어는 내가 타인들과 공유하는 실재이다. 일상생활에서 개인에게 유용한 지식의 사회적 저장고가 구성된다.

인간과 인간의 생산물인 사회적 세계 사이의 관계는 변증법적이다. 사회는 인간의 산물이다. 사회는 객관적인 실재이다. 인간은 사회적 산물이다.[9] 사회는 객관적 실재인 동시에 주관적 실재로서 존재하기 때문에 두 측면 모두를 포괄해야 한다.

---

8) Wendy Stainton Rogers, *Social Psychology : Experimental and Critical Approaches*, Philadelphia: Open University Press, 2003, p. 29.

9) 피터 L. 버거, 토마스 루크만, 하홍규 옮김, 『실재의 사회적 구성』, 문학과지성사, 2020, p. 102.

참고문헌

김권환, 신정근, "『장자』에서의 '호접지몽' 우화 해석에 관한 연구", 철학 논집, 제 42집, 2015년 8월, https://scc. sogang.ac.kr.

김산해, 『최초의 신화 길가메쉬 서사시』, 휴머니스트, 2009.

김용규, 『데칼로그』, 포이에마, 2015.

김용규, 『영화관 옆 철학카페』, 이론과실천, 2008.

나리만 스카코브, 이지은 옮김, 『타르코프스키의 영화: 시간과 공간의 미로』, 도서출판 B612, 2012.

니코스 카잔차키스, 안정효 옮김, 『영혼의 자서전』, 열린책들, 2008.

라이너 쿤체, 전영애 · 박세인 옮김, 『나와 마주하는 시간』, 봄날의책, 2019.

로버트 리처드슨, 이형식 옮김, 『영화와 문학』, 동문선, 2000.

로베르 브레송, 오익환 · 김경온 옮김, 『시네마토그래프에 대한 단상』, 동문선, 2003.

루크레티우스, 강대진 역, 『사물의 본성에 대하여』, 아카넷, 2012.

루키우스 안나이우스 세네카, 김남우, 이선주, 임성진 옮김, 『세네카의

대화 : 인생에 대하여』, 까치, 2016.
레프 톨스토이, 고일 옮김, 『이반 일리치의 죽음』, 작가정신, 2008.
비스와바 쉼보르스카, 최성은 옮김, 『끝과 시작』, 문학과지성사, 2018.
빅터 프랭클, 이시형 옮김, 『죽음의 수용소에서』, 청아출판사, 2005.
사뮈엘 베케트, 오증자 옮김, 『고도를 기다리며』, 민음사, 2009.
서정남, 『영화 서사학』, 생각의나무, 2009.
스타니스와프 렘, 김상훈 옮김, 『솔라리스』, 오멜라스, 2008.
슬라보예 지젝 외 지음, 이윤경 옮김, 『매트릭스로 철학하기』, 한문화, 2021.
슬라보예 지젝, 오영숙 외 옮김, 『진짜 눈물의 공포』, 울력, 2005.
아니엘라 야훼, 이부영 역, 『C.G. Jung의 회상, 꿈, 그리고 사상』, 집문당, 1996.
아쿠타가와 류노스케, 서은혜 옮김, 『라쇼몬: 아쿠타가와 류노스케 단편선』, 민음사, 2022.
안드레이 타르코프스키, 김창우 옮김, 『봉인된 시간 : 영화 예술의 미학과 시학』, 분도출판사, 2007.
알베르 카뮈, 김화영 옮김, 『시지프 신화 : 부조리에 관한 시론』, 책세상, 2009.
알베르 카뮈, 김진하 옮김, 『이방인』, 을유문화사, 2020.
알베르 카뮈, 김화영 옮김, 『작가 수첩 I』, 책세상, 2017.
알베르 카뮈, 김화영 옮김, 『작가 수첩 II』, 책세상, 2016.

알베르 카뮈, 김화영 옮김, 『적지와 왕국』, 책세상, 2014.
알베르토 모라비아, 정란기 옮김, 『순응주의자』, 문학과지성사, 2021.
앙드레 바쟁, 박상규 옮김, 『영화란 무엇인가?』, 사문난적, 2013.
올리버 색스, 양병찬 옮김, 『의식의 강』, 알마출판사, 2018.
유재원, 『터키, 1만년의 시간여행: 01』, BM 성안당, 2010.
유진 오닐, 민승남 옮김, 『밤으로의 긴 여로』, 민음사, 2008.
임근동 옮김, 『우파니샤드』, 을유문화사, 2012.
에바 일루즈, 박형신 · 정수남 옮김, 『근대 영혼 구원하기: 치료요법, 감정, 그리고 자기계발 문화』, 한울아카데미, 2023.
T.S. 엘리엇, 황동규 옮김, 『황무지』, 민음사, 2015.
옌스 푀르스터, 장혜경 옮김, 『에리히 프롬』, 아르테, 2019.
이부영, 『분석심리학의 탐구 3: 자기와 자기실현』, 한길사, 2008.
자미라 엘 우아실, 프리데만 카릭, 김현정 옮김, 『세상은 이야기로 만들어졌다』, 원더박스, 2024.
조르주 베르나노스, 윤진 옮김, 『사탄의 태양 아래』, 문학과지성사, 2004.
조르주 베르나노스, 정영란 옮김, 『어느 시골 신부의 일기』, 민음사, 2011.
조지프 켐벨 · 빌 모이어스 대담, 이윤기 옮김, 『신화의 힘』, 이끌리오, 2007.
지그문트 바우만, 조은평 · 강지은 옮김, 『고독을 잃어버린 시간』, 동녘,

2012.
지은이 미상, 이동일 옮김, 『가윈경과 녹색 기사』, 문학과지성사, 2023.
프란츠 카프카, 전영애 옮김, 『변신 · 시골의사』, 민음사, 2008.
프랑시스 바느와, 안 골리오 레테, 주미사 옮김, 『영화분석 입문』, 한나래, 2007.
프리드리히 니체, 곽복록 옮김, 『차라투스트라는 이렇게 말했다』, 동서문화사, 2017.
피터 L. 버거, 한완상 역, 『사회학에의 초대』, 현대사상사, 1982.
피터 L. 버거, 토마스 루크만, 하홍규 옮김, 『실재의 사회적 구성: 지식사회학 논고』, 문학과지성사, 2020.
페르난두 페소아, 오진영 옮김, 『불안의 책』, 문학동네, 2017.
한병철, 김태환 옮김, 『피로사회』, 문학과지성사, 2012.
Tony Bilton et al., *Introductory Sociology*, London: The MacMillan Press Ltd., 1983.
Robert A. Baron and Donn Byrne, *Social Psychology: Understanding Human Interaction*, Boston: Allyn and Bacon, Inc., 1981.
Jason Waltman, "Abandoning Rational Explanations: Responses to the Problems of the Human Condition", Internet.
Eliot R. Smith and Diane M. Mackie, *Social Psychology*, Worth Publishers, 1995.

Nancy Gibbs, "The EQ Factor", *Time*, Oct. 9, 1995.

Wendy Stainton, *Social Psychology : Experimental and Critical Approaches*, Philadelphia: Open University Press, 2003.

■ **추상 394**, 194×130㎝, oil on canvas, 1996

장성순 화백(1927~2021) **표지 · 본문 그림**

서양 추상화가. 한국 추상미술의 선구자이자 1956년 현대미술가협회 창립회원임. 서울대학교 미술대학에서 수학하였으며, 1961년 파리비엔날레를 비롯하여, 12번의 개인전과 무수한 단체전에 참여. 2008년 대한민국미술대전 미술인상, 2018년 예술원상을 수상.

■ **추상 352**, 162×130㎝, oil on canvas, 2006

■ **추상 026**, 162×130㎝, oil on canvas, 2010

■ **추상 323**, 162×130㎝, oil on canvas, 2004

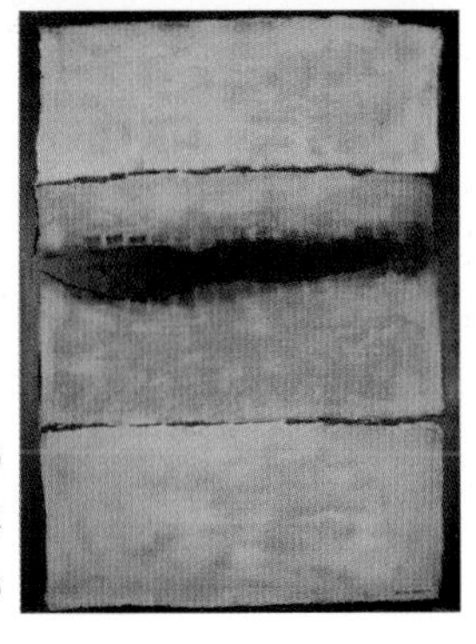

■ 페이지 상 그림 _ 추상 226, 73×60㎝, oil on canvas, 1995

■ 페이지 중 그림 _ 추상 328, 162×130㎝, oil on canvas, 1994

■ 페이지 하 그림 _ 추상 355, 145×112㎝, oil on canvas, 1976

고전 영화 탐방기

1쇄 발행일 | 2024년 08월 03일

지은이 | 권희완
펴낸이 | 윤영수
펴낸곳 | 문학나무
편집 기획 | 03085 서울 종로구 동숭4나길 28-1 예일하우스 301호
이메일 | mhnmoo@hanmail.net

출판등록 | 제312-2011-000064호 1991. 1. 5.
영업 마케팅부 | 전화 | 02-302-1250, 팩스 | 02-302-1251

값 17,000원

ISBN 979-11-5629-176-3 03810